Nicole Kordek
Hoferbe

AF205998

Über die Autorin

Nicole Kordek, geboren in Rheine, lebt und arbeitet im Münsterland. Sie studierte an den Universitäten Greifswald und Düsseldorf, arbeitete während ihres Praktischen Jahres in Göttingen und Peterborough/England und ist als promovierte Pharmazeutin seit vielen Jahren in der Industrie tätig. In Kindertagen hat sie mit der Schreibmaschine ihrer Mutter kurze Geschichten geschrieben. Diese Begeisterung fürs Schreiben hat sie nie losgelassen. „Hoferbe" ist ihr erster Roman. Mit ihrer Familie lebt sie in der Nähe von Münster/Westfalen.

Nicole Kordek

Hoferbe

Roman

Bibliografische Information der Deutschen Nationalbibliothek:
Die Deutsche Nationalbibliothek verzeichnet diese Publikation in der Deutschen Nationalbibliografie; detaillierte bibliografische Daten sind im Internet über http://dnb.dnb.de abrufbar.
© 2020 Kordek, Nicole
Lektorat: Amelie Soyka, Köln
Umschlaggestaltung: Tonia Wiatrowski, Braunschweig
Titelfoto: Adobe Stock
Herstellung und Verlag: BoD – Books on Demand, Norderstedt
ISBN: 978-3-7504-4179-8

Für Matthias und Leo

Prolog

Langsam bog das Auto um die Ecke und folgte den Hinweisschildern zum Parkplatz. Es war eine graue regnerische Aprilnacht, mitten in der Woche, kurz nach ein Uhr. Die Scheibenwischer gingen schnell und konnten dennoch die Regenmassen kaum bewältigen. Kein Mensch war zu sehen.

Die Scheinwerfer des Autos erhellten nur einen kleinen Teil der Parkanlage. Alte Bäume ragten auf und dahinter lag undurchdringliche Dunkelheit. Das Auto fuhr geradeaus in Richtung See. Die Wasseroberfläche war unruhig und glitzerte im Licht der Scheinwerfer. Das Fahrzeug hielt am Rande des Sees auf der Rampe, über die an Schönwettertagen die kleinen Ruderboote ins Wasser gelassen wurden.

Der Fahrer stellte den Motor ab und öffnete die Autotür. Ungeachtet des prasselnden Regens umrundete er den Wagen und klappte den Kofferraumdeckel auf, darin lag die Leiche, eingepackt in einen großen blauen Plastiksack und verschnürt mit orangefarbenen Seilen.

Das Wasser tropfte ihm in die Augen. Die Kleidung war innerhalb weniger Minuten vollkommen durchnässt und lastete schwer auf seinen Schultern. Aus der Jackentasche nestelte er eine Stirnlampe, schaltete sie an und streifte sie sich über den Kopf. Dann schob er beide Arme unter den Sack und hob ihn mit einem Ruck an. Das Knistern des blauen Plastiks war trotz des Starkregens deutlich zu hören. Der Mann schaute sich noch einmal zu allen Seiten um, erblickte aber niemanden.

Sie war leicht wie eine Feder. Es war also ganz einfach.

Von der Rampe trug er sie zu den Ruderbooten, die schon

für glückliche Familienausflüge im Sommer mit anschließendem Eisessen im nahe gelegenen Café bereitstanden.

Alles war nass und glitschig. Er musste aufpassen, um nicht auszurutschen. Vorsichtig hob er sie in eines der Ruderboote und winkelte ihre Knie so an, dass sie in einer Embryo-ähnlichen Haltung auf dem Boden des Ruderboots lag. Er ging noch mal zum Auto und holte eine Schaufel aus dem Kofferraum. Wieder zurück beim Boot, warf er sie neben den Plastiksack.

Das Boot ließ sich problemlos aus seiner Verankerung am Ufer lösen, vorsichtig griff er nach den Rudern und legte ab. Mit der gleichmäßigen Bewegung der Ruder wurde auch sein Atem ruhiger.

Das Steinfurter Bagno hatte er ganz bewusst ausgewählt, denn sie hatte Luxus und Schönes immer geliebt. Das Ziel der Ruderfahrt war die Ruineninsel inmitten des Sees, ursprünglich als Sommersitz für die gräfliche Familie angelegt. Verfallene Reste eines Wartturms und anderer starker Gemäuer bedeckten die hoch aufgeworfene Insel. Es handelte sich um künstlich angelegte Ruinen, die den Prunk des 18. Jahrhunderts in Parkanlagen widerspiegelten.

Das Boot stieß am felsigen Ufer an. Mit einem Seil befestigte er es an einem sich herabneigenden Ast. Er nahm den leblosen Körper im blauen Plastiksack huckepack und stolperte an Land. Dann bewegte er sich vorsichtig die leichte Anhöhe hinauf, wobei er ständig festen Halt auf dem nassen Untergrund suchte.

Die gesamte Parkanlage inklusive der Ruineninsel gehörte zu einem Naturschutzgebiet und das Betreten war streng verboten. Das war ein weiterer Grund, die Tote ausgerechnet hierhin zu bringen.

Angekommen bei den Mauerresten, musste er sich kurz orientieren. Neben den Gemäuern lag ein kurzer unterirdischer Gang, der früher unter einer mächtigen Felskaskade hindurchgeführt hatte. Vor mehr als hundert Jahren waren hier Wassermassen hochgepumpt worden, um einen Wasserfall zu bilden, den man vom Seeufer aus bestaunen konnte. Außerdem gab es noch einen weiteren unterirdischen Gang, der als Eiskeller angelegt worden war. Dort hatten sich seltene Fledermausarten angesiedelt.

Langsam bewegte er sich in Richtung des kurzen Ganges. Es waren nur wenige Schritte. Er legte den Plastiksack auf den nassen Boden. Im Strahl der Stirnlampe sah er, dass es ein wenig abschüssig und die Decke recht niedrig war. Er fasste den Plastiksack an einem Ende und zog ihn in den Gang hinein. Es roch nach feuchter Erde. Trotz der Anstrengung spürte er die Kälte in seinem Körper aufsteigen. Kurzerhand legte er den Sack ab, stieg darüber, lief zum Boot zurück und holte die Schaufel.

Nachdem er in den Gang zurückgekehrt war, fing er an, ein so großes Loch wie eben möglich in den harten Boden zu graben. Schon nach wenigen Schaufeln stieß er auf felsigen Untergrund. Das musste ausreichen. Er zog den blauen Plastiksack in die Vertiefung und bedeckte ihn mit Erde. Die nassen Handschuhe machten die Arbeit nicht gerade leichter. Er schaufelte aus allen Ecken des Ganges Erde und Laub zusammen, bis der Plastiksack vollständig bedeckt war. Ohne sich umzublicken, verließ er das unterirdische Grab und begab sich, so schnell es der glitschige Boden zuließ, zum Boot am Ufer zurück.

Der Regen hatte nicht nachgelassen. Er holte weit aus und warf die Schaufel in den See. Sollte sie an Land gespült werden, würde sich niemand darüber wundern. Die Leute warfen ihren Müll eh überall hin. Er stieg in das Boot und ruderte zurück zur Anlegestelle, vertäute es genau so, wie auch die anderen Boote befestigt waren, ging zum Auto, nahm den Gang heraus und schob es über die Rampe in den See hinein.

Er blickte dem sinkenden Kleinwagen hinterher. Den würde keiner so bald finden. Niemand hatte ihn gesehen, da war er sich ganz sicher. Spuren hatte er auch nicht hinterlassen. Wie wenig er doch fühlte.

Er drehte sich auf dem Absatz um und trat den Heimweg an. Sollte er kein Taxi am Bahnhof von Steinfurt finden, lag ein langer Fußweg vor ihm. Dem Taxifahrer würde er einfach sagen, dass er mit seinem Auto liegen geblieben sei. Vielleicht fuhr auch schon eine Bahn. Der Regen war in der Zwischenzeit noch stärker geworden und schlug ihm mit einem böigen Wind ins Gesicht. Gierig füllte er seine Lungen mit der frischen, feuchten Aprilluft.

„Typisches Münsterländer Wetter", war sein einziger Gedanke. So wie er es liebte.

Kapitel 1

Als empirische Wissenschaft untersucht die Krimi-
nologie die Verbreitung und Entwicklung, die Ur-
sachen, die Prognose und Prävention der Krimi-
nalität und Opferwerdung, die soziale Kontrolle
der Kriminalität, die Organisation und Wirkungen
der Strafverfolgung, die Kriminalitätseinstellun-
gen in der Bevölkerung sowie Entwicklungen und
Folgen der Kriminalpolitik. Damit werden inner-
halb der Kriminalwissenschaften die sozialen und
persönlichen Bedingungen und Folgen sowohl der
Kriminalität als auch der Kriminalitätskontrolle
systematisch erforscht.

Einen Absatz weiter hieß es:

Zur Zielgruppe des Studiengangs gehören neben
Juristen und Sozialwissenschaftlern auch Polizei-
beamte, Sozialarbeiter, Strafvollzugsmitarbeiter
sowie Mediziner und Psychologen. In diesem kom-
primierten und praxisorientierten Aufbaustudium
können die Studierenden den international aner-
kannten Masterabschluss „Master of Criminology
and Police Science" machen.

Charlotte legte das Studien-Informationsblatt der Universi-
tät mit nachdenklicher Miene beiseite.
„Soll das wirklich mein weiterer Weg sein? Ein Aufbaustu-
dium Kriminologie?", fragte sie sich.
Schon als Kind hatte sie die Bücher der „Drei ???" mit
Justus, Peter und Bob, die sich immer nur „speziell

gelagerten Sonderfällen" widmeten, mit großer Begeisterung verschlungen. Aber die Beschreibung des Studiengangs Kriminologie klang im Vergleich zu dem, was diese drei in ihren Fällen erlebten, doch sehr theoretisch und langweilig. Da fand sie die Annonce in der aktuellen Tageszeitung viel interessanter. Sie schlug die Zeitung auf und las die Zeilen ein zweites Mal:

> *Detektei sucht Aushilfskraft für die Durchführung von Observationen und Recherchen sowie Videoauswertung. Voraussetzungen: Sie sollten eine schnelle Auffassungsgabe haben und zeitlich flexibel sein. Des Weiteren ist es unbedingt erforderlich, dass Sie eine nicht leicht zu erschreckende und unverzagte Persönlichkeit besitzen. Ein unauffälliges Erscheinungsbild sehen wir als vorteilhaft an. Sehr positiv bewerten wir die Fähigkeit Menschen „um den Finger wickeln zu können". Sie sollten über einen eigenen, unauffälligen PKW verfügen, der Ihnen jederzeit zur Verfügung steht. Darüber hinaus sollten Sie ein Mobiltelefon besitzen und erreichbar sein. Technisches Grundverständnis sollte vorhanden sein. Ein eigener PC mit Internetanschluss sowie das Schreiben auf einer Tastatur wird von uns vorausgesetzt. Zudem sollten Sie zu absoluter Verschwiegenheit bereit sein. Pünktlichkeit und Zuverlässigkeit sind eine zwingende Voraussetzung für eine Mitarbeit.*

„Observationen, unverzagte Persönlichkeit, was auch immer das heißt, Verschwiegenheit, schnelle Auffassungsgabe ..." – sie schmunzelte – „ja, das klingt ganz nach einem Job für mich!"

Sie faltete die Zeitung sorgsam zusammen und versteckte sie mit der Studieninformation in einer Schublade ihres Schreibtischs. Eine endgültige Entscheidung stand noch aus, sie würde sie nicht heute Abend treffen.

„Lotta! Schatz? Wie sieht es aus, bist du bald fertig? Du weißt, dass unsere Eltern uns um 19 Uhr im Restaurant erwarten. Beeil dich bitte!"

Sie hörte Alexander die Treppe heraufkommen und ins Badezimmer gehen. Hastig lief sie von ihrem Arbeitszimmer ins Schlafzimmer und schlüpfte in ihr wunderbar feierliches Abendkleid. Es fühlte sich frisch und leicht auf ihrer Haut an und passte zum heißen Sommerabend. Sie betrachtete sich im Spiegel und lächelte zufrieden: Ihr mittellanges blondes Haar fiel ihr locker ins Gesicht und das Kleid schmeichelte ihrer sportlichen, aber doch weiblichen Figur. Plötzlich stand Alexander hinter ihr, umfasste ihre Taille und küsste ihren Hals.

„Du siehst wunderbar aus. Am liebsten würde ich mit dir hierbleiben."

Charlotte schaute sich das verliebte Paar im Spiegel an: Charlotte Kemburg und Alexander von Laurenbach. Sein Aftershave machte sie wahnsinnig. Und diese kurzen schwarzen Haare und seine wunderbaren Hände, die locker auf ihrer Hüfte lagen. Nicht zu vergessen der knackige Po, den sie jetzt leider nicht, dafür aber den Rest ihres Lebens bewundern konnte. Sie drehte sich langsam zu ihm um. Seine Hände streichelten zärtlich ihren Rücken und er küsste sie leidenschaftlich.

„Lass uns gehen, bevor wir zu spät kommen. Du weißt, dass mein Vater das nicht mag."

„Ja, ja, die lieben Eltern. Denkst du, sie werden überrascht sein, wenn wir ihnen unsere Hochzeitspläne verkünden?

Mama wird wahrscheinlich verrücktspielen und direkt anfangen, mit deiner Mutter alles zu organisieren. Ich sehe die beiden schon Pläne schmieden. Hoffentlich kommt es bei dem ganzen Wirbel, den sie veranstalten werden, nicht zum Eklat zwischen unseren Familien. Aber wir werden trotzdem so feiern, wie wir es uns wünschen, nicht wahr?"

„Lotta, Schatz, du wirst deinen Dickkopf wie immer durchsetzen. Aber jetzt lass uns gehen." Alexander gab ihr einen Klaps auf den Po. Charlotte schnappte sich ihre Handtasche und folgte ihm.

Als sie die Treppe hinunterging, dachte sie wieder einmal, was für ein großes Glück sie doch hatten, dass ausgerechnet sie, in Anbetracht der zahlreichen Interessenten, den Zuschlag für dieses hübsche alte Haus erhalten hatten. Und sie hatten es sich genau nach ihren Vorstellungen eingerichtet. Jedes Mal, wenn sie nach einem stressigen Tag über die Türschwelle trat, empfand sie große Ruhe und Harmonie. Ja, es war die richtige Entscheidung gewesen, dieses Haus zu kaufen.

Schon als Kind wollte sie es haben. Sie war damals jeden Tag nach der Grundschule mit dem Fahrrad daran vorbeigefahren und hatte das ständige Kommen und Gehen der verschiedenen Mieter beobachtet. Das Haus trug damals im Dorf den schönen Namen „Villa Kunterbunt".

Für sie war klar, dass sie langfristig in ihrem Heimatort in der Nähe ihrer Familie wohnen bleiben wollte. Während der ersten Studienjahre hatte sie in einer Wohngemeinschaft in Münster gelebt. Dann hatte sie den einige Jahre älteren Alexander kennen- und lieben gelernt und er ließ sich davon überzeugen, mit Charlotte sein Leben in eben diesem Dorf zu verbringen. Als ihre „Villa Kunterbunt" zum Verkauf stand, war sofort klar, dass sie ein Angebot abgeben würden. Wie groß war ihre Freude, als sie den

Zuschlag erhielten! Alexander hatte es von hier nicht weit bis zur elterlichen Kanzlei und auch sie hatte die restliche Studienzeit zunächst als Pendlerin, später als stolze Autobesitzerin überstanden.

Der weitläufige Garten, der nach hinten zu einem kleinen Bach abfiel, war zu dieser Jahreszeit einfach wunderschön. Alexander schloss die großen Flügeltüren, die sich zur Terrasse hin öffneten, ging in die Küche und nahm die Autoschlüssel. Damit war also auch die Frage geklärt, wer heute fuhr.

„Damit du gebührend auf dein bestandenes Examen anstoßen kannst, Frau Juristin. Falls wir zwei dann auf unsere Hochzeitspläne mehrfach mit der Familie anstoßen müssen, werden wir uns ein Taxi zurücknehmen", rief ihr Alexander über die Schulter zu.

„Jawohl, Herr Kollege! Das sehe ich genauso."

Sie schlüpfte auf den Beifahrersitz ihrer Limousine und Alexander gab Gas.

Nach einer halben Stunde Fahrt parkten sie den Wagen in der Tiefgarage und gingen schnellen Schrittes zum Lieblingsrestaurant von Alexanders Mutter: edle französische Küche, was sonst. Seit Charlotte Alexander kennengelernt hatte, durfte sie sich bei offiziellen Essen der Familie von Laurenbach mit so exquisiten Sachen wie Austern, Weinbergschnecken und Kaviar beschäftigen.

Vorher hatten solche Dinge in ihrem Leben keine große Rolle gespielt und, wenn sie ehrlich war, taten sie dies auch heute nicht.

Was den Lebensstandard anging, waren ihrer beider Leben bisher wirklich vollkommen unterschiedlich verlaufen. Von Kindheit an musste Charlotte zu Hause mithelfen: sei es bei der Gartenarbeit, im Haushalt oder beim Beaufsichtigen der jüngeren Schwestern Emma und Jule. Um ihr Studium zu finanzieren, musste sie in den Semesterferien immer arbeiten. Auch ihr erstes eigenes Auto bekam sie nicht etwa geschenkt, sondern hatte lange dafür gespart und Urlaube verbrachte sie stets auf Campingplätzen – allerdings in der ganzen Welt. Letzteres änderte sich in der Studienzeit auch mit Alexander nicht, obwohl dieser immer ein Verzeichnis der besten Hotels in der Nähe zur Hand hatte – nur für den Notfall wie Dauerregen oder Ähnlichem, verstand sich. Komisch nur, dass schlechtes Wetter nie ein Hinderungsgrund für ihn war, wenn es darum ging, mit seinen Freunden und Kollegen einen Jagdausflug zu machen. Ihre Hochzeitsreise sollte natürlich anders aussehen. Da hatten sich die beiden etwas ganz Besonderes ausgesucht.

Jetzt hieß es aber erst mal, die Eltern zu begrüßen und einen netten Abend mit ihnen zu verbringen.

Als die beiden das Restaurant betraten, vernahmen sie schon im Eingang die Stimmen ihrer Mütter.

„Einfach nicht zu überhören", sagte Alexander mit einem Lächeln.

Ein Kellner führte sie in den hinteren Teil des Restaurants an den Tisch, an dem ihre Eltern bereits Platz genommen hatten. Es folgte eine herzliche Begrüßung: Küsschen links, Küsschen rechts.

„Da hat deine Mutter mal wieder alles aus dem Schmucksafe geholt, was der nur hergab", flüsterte Charlotte Alexander ins Ohr, als sie sich setzten.

„Gut seht ihr aus. Liebe Eltern: auf den heutigen Abend."

Alle sechs stießen mit ihren gefüllten Champagnerflöten an. Die beiden Väter genossen ganz offensichtlich den kurzen Moment Ruhe.

„Auf dein bestandenes Examen, meine liebe Tochter. Deine Mutter und ich sind stolz auf dich."

„Bevor wir zum Essen übergehen, möchten Charlotte und ich euch noch etwas ankündigen", unterbrach Alexander Herrn Kemburg. Er warf Charlotte einen Blick zu, und als sie nickte, fuhr er fort: „Wir werden im nächsten Frühjahr heiraten."

Großer Jubel brach aus. Die Mütter suchten in ihren Handtaschen nach Taschentüchern, um die Freudentränen zu trocknen, und anschließend fielen sie ihren Kindern abwechselnd um den Hals. Die Väter waren ebenfalls begeistert und freuten sich mit Charlotte und Alexander. Sie bestellten direkt beim Kellner die besten Zigarren.

„Wir haben uns gedacht, dass wir es euch heute sagen und morgen dann Alexanders Bruder und Schwester und meinen beiden Schwestern. Sie besuchen uns morgen früh und wir frühstücken gemeinsam."

Es wurde ein geselliger Abend mit sehr gutem Essen und viel Champagner. Wie erwartet, fingen die Mütter gleich an zu organisieren, obwohl Alexander und Charlotte höfliche Abwehr signalisierten.

Da mit Charlotte nun eine weitere Juristin in die über mehrere Generationen reichende Juristenfamilie von Laurenbach eintrat, kam natürlich auch ihre berufliche Zukunft zur Sprache.

Für Alexanders Eltern stand fest, dass Charlotte mit in die Familienkanzlei einsteigen und direkt Partnerin werden würde, das zumindest tat Alexanders Vater kund. Sie überging jedoch diese Bemerkung, wobei Alexander sie neugierig von der Seite anschaute. Überrascht schien er nicht zu sein, dafür kannte er seine Lotta schon zu lange und zu gut. Das Thema berufliche Zukunft würde er ein anderes Mal mit ihr diskutieren. Heute wollte er einfach den Abend im Kreis der beiden Familien genießen, und die Nacht anschließend mit Charlotte. Für den Heimweg benötigten sie zwar ein Taxi, ihrer Leidenschaft stand der Alkoholgenuss jedoch nicht im Weg. Glücklich schliefen sie eng umschlungen ein.

Am nächsten Morgen erwartete Charlottes Schwestern Emma und Jule und Alexanders Schwester Henrike sowie seinen Bruder Sebastian mit seiner Freundin Eva ein festlich gedeckter Frühstückstisch auf der großen Terrasse. Bevor sich alle über die vorbereiteten Leckereien hermachten, verkündeten Charlotte und Alexander die Hochzeitspläne. Alle freuten sich für sie und fingen prompt an, alte Geschichten über das Kennenlernen der beiden und die gemeinsamen Erlebnisse zu erzählen. Jeder gab sein Bestes und es wurden Tränen gelacht.

„Und Lotta, wann können wir dich als neue Partnerin in unserer Kanzlei begrüßen?", fragte Alexanders Bruder Sebastian.

„Die Frage werden wir später diskutieren, aber nicht an einem so schönen Sonntagmorgen."

Dankbar schaute Charlotte Alexander an. Dieser zwinkerte ihr nur zu. Damit war das Thema erst mal vom Tisch.

Einige Tagen später sprach sie jedoch auch Alexander auf ihre berufliche Zukunft an.

„Schatz, du weißt, wie sehr mein Vater und ich es uns wünschen, dass du als Partnerin in unsere Kanzlei einsteigst. Bis heute habe ich noch keine klare Aussage von dir dazu gehört. Also, wie sieht deine Planung aus? Neben Punkten wie mich heiraten, mich glücklich machen, Kinder zur Welt bringen."

Sie mussten beide lachen.

„Nein, ganz im Ernst. Was denkst du? Ich habe so den Eindruck, dass dir etwas ganz anderes vorschwebt."

Sie hatte gewusst, dass dieser Moment kommen würde. Und sie hatte sich immer wieder gedanklich darauf vorbereitet.

Dennoch war sie jetzt nervös. Sie musste an die Studieninformation und die Zeitungsannonce denken, die sie oben in ihrem Arbeitszimmer versteckt hatte. Sie waren immer ehrlich zueinander, egal, um welche Dinge es ging. Aber Alexander verständlich zu machen, dass sie nach dem doch relativ trockenen Studium etwas Spannendes erleben wollte, war eine Herausforderung.

„Alexander, du weißt, wie sehr ich mich über das Angebot deines Vaters freue und wie dankbar ich dafür bin. Allerdings bin ich noch nicht so weit. Ich habe mich an der Uni über einen Aufbaustudiengang Kriminologie erkundigt und mich entschieden, diesen zu belegen. Wie du weißt, habe ich während der Studienzeit meine Schwerpunkte immer schon auf die Fächer Strafrecht und Strafverfolgung gelegt. Damit könnte ich vielleicht anschließend ein weiteres Standbein in eurer Familienkanzlei schaffen. Oder ich forsche am Universitätsinstitut weiter oder bewerbe mich bei einer Behörde. Was hältst du davon?"

Gespannt sah sie ihn an.

„Und wie du sicherlich gemerkt hast, habe ich mit so einer Entscheidung von dir bereits gerechnet. Meinem Vater werde ich es verständlich machen können. Und du weißt: Alles, was dich glücklich macht, macht auch mich glücklich", erwiderte er.

„Womit habe ich diesen Mann nur verdient?", dachte sie und schloss ihn in die Arme, nicht ganz ohne dass sich ein winziges Stückchen schlechten Gewissens meldete: Intuitiv hatte sie sich bereits dazu entschlossen, auf die Zeitungsannonce zu antworten – der Aufbaustudiengang war mehr oder weniger eine Notlüge.

Da Alexanders Arbeitstage immer bis weit in den Abend reichten, würde es ihm gar nicht auffallen, was sie den ganzen lieben langen Tag so machte. Und da Geld schon jetzt irgendwie keine Rolle mehr in ihrem Leben spielte, juckte es ihr in den Fingern bei dem Gedanken daran, mal die Miss Marple in sich zu wecken.

„Ich liebe dich", sagte sie und gab ihm einen intensiven Kuss.

Kapitel 2

Bevor Charlotte ein paar Tage später die Telefonnummer, die in der Zeitungsannonce stand, wählte, machte sie sich über den Beruf des Detektivs schlau.

„Das ist ja alles fürchterlich aufregend", dachte sie beim Durchstöbern einiger Internetseiten. Ihren Schwestern, Freundinnen und Freunden hatte sie natürlich nichts über ihr Vorhaben erzählt. Alle gingen davon aus, dass sie im Herbst zum neuen Semesterbeginn den Studiengang Kriminologie belegen würde. Die meisten fanden es „interessant", wenn sie von ihren Plänen hörten.

Als sie dann endlich zum Telefonhörer griff, war sie total nervös. Das war mit Abstand das Spannendste, was sie in ihren 29 Lebensjahren bisher gemacht hatte.

„Phönix Detektive. Sie sprechen mit Frau Strasser. Womit kann ich Ihnen helfen?"

„Guten Tag, mein Name ist Charlotte Kemburg. Sie hatten vor ein paar Tagen eine Stelle in der Tageszeitung ausgeschrieben. Ist die noch frei? Ich würde mich gerne darauf bewerben."

„Einen Moment bitte. Ich verbinde Sie mit Herrn Räsner", sagte die nette Dame am anderen Ende.

„Räsner. Was kann ich für Sie tun?", ertönte nach einiger Zeit eine kräftige Männerstimme durch den Hörer.

Charlotte ließ sich nicht einschüchtern und erläuterte ihr Anliegen. Da die Stelle noch nicht besetzt war, vereinbarten sie ein Treffen für den folgenden Vormittag, zu dem sie ihre Bewerbungsunterlagen mitbringen sollte.

In der Nacht konnte sie kaum schlafen. Unruhig wälzte sie sich von der einen auf die andere Seite. Alexander störte es zum Glück nicht. Er hatte einen festen Schlaf.

Am nächsten Morgen stand sie ziemlich gerädert auf und gab vor dem Badezimmerspiegel alles, um fit und frisch auszusehen. Sie packte sorgfältig ihre Unterlagen zusammen und fuhr so zeitig los, dass sie pünktlich in Münster ankam.

Beim Betreten der Detektei war sie beeindruckt und zugegebenermaßen etwas eingeschüchtert in Anbetracht der großen hellen und modernen Empfangshalle. Was hatte sie erwartet? Eine schäbige Absteige wie in irgendwelchen schlechten US-Filmen? Bei diesem Gedanken schüttelte sie den Kopf und lächelte in sich hinein.

Sie wurde von der höflichen Empfangsdame direkt in das Büro von Herrn Räsner geführt. Hinter einem großen Schreibtisch aus Glas erhob sich ein sportlich wirkender Mann, um sie zu begrüßen. Sie schätzte ihn auf Mitte vierzig. Er trug einen schwarzen, gut sitzenden Anzug und strahlte Ruhe und Neugierde aus. Auch von ihm hatte sie sich eine vollkommen falsche Vorstellung gemacht, wie sie sich eingestehen musste.

Jochen Räsner stellte die Detektei Phönix zunächst ausführlich vor und skizzierte diverse Arten von Fällen, die er mit seinem Team bearbeitete. Dann war es an Charlotte, eine Menge über sich zu erzählen. Währenddessen studierte Herr Räsner intensiv ihre Bewerbungslagen. Ihm schienen die Fragen nicht auszugehen.

„So, so. Sie sind also Juristin und, wie ich Ihrem Lebenslauf entnehme, mit Herrn Alexander von Laurenbach verlobt. Gehe ich recht in der Annahme, dass es sich um die Anwaltsfamilie von Laurenbach handelt? Und wenn ja, erlauben Sie mir die Frage, warum Sie heute hier sind? Sie wissen, dass unsere Arbeit nicht immer ungefährlich ist. Wir machen zwar die Täter nicht dingfest und stellen kein Diebesgut sicher – das überlassen wir der Polizei. Dennoch

22

können wir in brenzlige Situationen geraten, aus denen wir uns selbst heraushelfen müssen. Und um ehrlich zu sein: Sollte Ihnen tatsächlich mal etwas passieren, möchte ich von der Kanzlei von Laurenbach nun wirklich nicht verklagt werden. Die Damen und Herren dort haben einfach einen zu guten Ruf."

Sie hatte genau mit diesem Thema gerechnet.

„Der große Vorteil, Herr Räsner, ist, dass ich selbst Juristin bin und mich schon während des Studiums intensiv mit dem Strafrecht und allen angrenzenden Gebieten beschäftigt habe. Ich sollte daher bestens auf rechtlich brenzlige Situationen vorbereitet sein. Zudem weiß mein zukünftiger Ehemann nichts von meinem Vorhaben."

Herr Räsner zog erstaunt beide Augenbrauen hoch und musterte sie.

„Noch bin ich nicht dazu bereit, mich in das gemachte Nest der Familie von Laurenbach zu setzen, wie man so schön sagt. Meine Fähigkeiten wie Zielstrebigkeit, Verschwiegenheit, organisatorisches Geschick und mein Spaß am Umgang mit Menschen möchte ich gerne einsetzen. Ich kann Menschen um den Finger wickeln, habe eine schnelle Auffassungsgabe und bin zeitlich flexibel. Und da Sie eine Aushilfskraft suchen, können Sie ja nichts verlieren, wenn Sie sich für mich entscheiden. Ich denke, dass ich die Richtige für Sie bin."

„Das war jetzt sehr direkt gesagt. So etwas schätze ich an meinen Mitarbeitern." Er schlug die Bewerbungsmappe zu und legte sie zur Seite. „Da wir nur wenige passable Bewerber für diese Stelle bisher gesehen haben und Sie offensichtlich mit ausreichendem Vertrauen in Ihre Fähigkeiten ausgestattet sind, gebe ich Ihnen hiermit meine mündliche Zusage. Sie werden selbstverständlich einen Vertrag von uns erhalten. Dieser beinhaltet jedoch nur eine begrenzte

Stundenzahl pro Woche. Wie ich Sie heute kennengelernt habe, werden Sie mit wesentlich mehr Engagement in die Sache starten. Ich gehe davon aus, dass das kein Problem, erst recht kein finanzielles, für Sie sein wird?"

Etwas ungläubig und zugleich stolz starrte Charlotte ihn an.

„Nein, selbstverständlich nicht."

„Wollen Sie den Vertrag bei uns abholen? Oder sollen wir Ihnen diesen anonym zusenden?", sagte Herr Räsner schmunzelnd.

„Ich werde ihn abholen. Natürlich."

„Dann bedanke ich mich für das überaus interessante Gespräch und freue mich auf eine gute Zusammenarbeit. Wir werden Sie telefonisch kontaktieren, sobald wir einen Fall für Sie haben."

Sie konnte es kaum fassen: Unglaublich! Sie hatte den Job bekommen! Voller Begeisterung ging sie in den nächsten Feinkostladen und kaufte die teuerste Flasche Champagner.

Am Abend wunderte sich Alexander über den netten Empfang, den seine Verlobte ihm bescherte. Genießerisch tranken sie das köstliche Getränk.

Charlotte hatte sich sogar dazu hinreißen lassen, etwas „Großes" zu kochen. Ebenfalls ungewöhnlich, da sie sich auch in der Woche häufig bei ihrem Lieblingsitaliener in Münster zum Essen trafen. Und ansonsten gab es meist irgendetwas „Schnelles". Alexander sortierte Charlottes Aktion in die Rubrik „vorzeitige Ehefreuden" ein, obwohl er daran nicht so richtig glauben wollte. Er stellte keine Fragen und freute sich über diesen besonderen Abend mitten in der Woche.

Von Herrn Räsner hatte Charlotte eine ganze Mappe an Informationen über seine Detektei bekommen, die sie in der

Schreibtischschublade in ihrem Arbeitszimmer versteckt hatte. Sobald Alexander morgens das Haus verließ und weil sie vorerst keine anderen Pläne hatte, holte sie die Unterlagen hervor und begab sich in den Garten.

Sie ließ sich mit einem Glas Orangensaft in der gemütlichen Hängematte nieder, das Telefon griffbereit in der Nähe, und lauschte dem Plätschern des kleinen Baches. Neben den Detektei-Informationen studierte sie ebenso eifrig verschiedene Hochzeitskataloge.

Die Sommerhitze wollte nicht abbrechen und sie genoss die ruhigen Tage.

Kapitel 3

Anna war schon seit über drei Monaten weg. Es war ein heißer, schwüler Sonntagmorgen. Johannes stand um drei Uhr morgens mitten im gleißenden Licht seines großen Stalls und kontrollierte die automatische Melkmaschine, die gerade ihre volle Leistung fuhr. Er hatte sich seine Arbeitskleidung angezogen und arbeitete so hart, dass ihm bereits jetzt der Schweiß über das Gesicht lief.

Wie jeden Sonntagmorgen seit über drei Monaten kam seine Mutter im Morgenmantel zu ihm, begrüßte ihn und sagte: „Wo ist sie nur? Johannes, wo ist sie? Wieso findet die Polizei nichts? Wir müssen etwas unternehmen!"

Wie an jedem Sonntagmorgen seit über drei Monaten wurde ihre Stimme auch heute mit jedem Wort hysterischer und verzweifelter.

„Sie ist deine Frau, Johannes. Du musst etwas unternehmen!"

Diese unterschwellige sonntägliche Anklage traf ihn nicht mehr.

„Ich werde in der Kirche heute für sie beten."

„Tu das, Mutter. Und jetzt leg dich wieder ins Bett. Geh, bitte."

Wie ein dummer kleiner Schuljunge kam er sich vor. Was sollte er denn noch machen? Er hatte am Morgen, nachdem Anna nicht nach Hause gekommen war, sämtliche ihm bekannten Freundinnen und Freunde, Annas Bruder, Mutter und alle Kollegen angerufen und gefragt, ob sie vielleicht bei ihnen sei. Anschließend hatten sie den ganzen Tag in der Küche gesessen, aus dem Fenster geblickt und gewartet. Gewartet darauf, dass ihr kleiner roter Flitzer um die Ecke bog und sie wie immer voller Energie aus dem Auto springen würde. Doch nichts passierte. Es regnete den ganzen Tag wie aus Kübeln. Gegen Abend fuhren Johannes und seine Eltern zur Polizei und gaben die Daten zu Annas Verschwinden an. Der Polizist fragte sie, ob etwas Besonderes vorgefallen war, ob Anna eventuell vergessen hatte, zu erzählen, dass sie direkt von ihrem Bruder aus, den sie an diesem Tag besucht hatte, für ein paar Tage woanders hinfahren würde. Vielleicht ein Kurzurlaub mit einer ihnen unbekannten Freundin.

Sie kam ja nicht gebürtig aus dem kleinen Dorf, in das sie hineingeheiratet hatte. Ihre Mutter war nach dem Tod ihres Vaters nach Süddeutschland gezogen. Zu ihr hatte Anna nur noch wenig Kontakt. Und der Bruder lebte mit seiner Frau in Osnabrück. Auch er konnte nichts zu ihrem Verschwinden sagen.

Mit jedem Tag, an dem Anna nicht auftauchte, wuchs die Verzweiflung von Johannes' Mutter. Das wusste er, ohne sie anzusehen. Und sein Vater. Tja, was war mit seinem Vater. Seine vorwurfsvollen Blicke, seine stille Anklage. Wenn Johannes ihm jetzt in die Augen schaute, konnte er nichts sagen. Die einzigen Gedanken, die ihm dann durch den Kopf schossen, waren: „Ja, Vater. Wo ist nun der von dir geforderte Erbe für deinen Hof? Der Hof. Der Mittelpunkt deines Lebens! Alles dreht sich immer nur um den Hof."

Von Kindesbeinen an hatte Johannes harte körperliche Arbeit kennengelernt. Schon als kleiner Junge musste er bei der Ernte auf den Feldern helfen, Ställe ausmisten, schwere Schubkarren schieben und Kühe treiben. Die Arbeit machte ihm Spaß. Er war lieber im Stall als in der Schule. Und schon seit seiner Pubertät, das wusste er noch ganz genau, wurde ihm praktisch eingetrichtert: Das Wichtigste sei es, eine Frau für den Hof zu finden. Nach jedem Dorffest, nach jeder durchzechten Nacht musste er früh aufstehen und arbeiten. Und das Erste, was er am Frühstückstisch von seinem Vater zu hören bekam, war die Frage: „Und Junge, hast du endlich ein Mädchen abbekommen? Du weißt: Der Hof braucht einen Erben!"

Er hasste diese Frage. Egal, wie übel ihm vom Alkohol war, egal, wie früh er angefangen hatte zu arbeiten, und egal, wie er sich fühlte: Für seine Nöte und Sorgen schienen sich seine Eltern nie zu interessieren.

Der Hof war das alles bestimmende Thema seines Lebens. Und er hasste es. Er hasste seine Eltern! Mit jedem – in den Augen seiner Eltern: erfolglosen – Wochenende fühlte er sich schuldiger. Schuldig wofür? Er war jung, er wollte sich noch nicht fest binden. Wieso quälten sie ihn in jungen Jahren schon mit diesen Fragen. Er genoss das Leben, liebte kurze sexuelle Abenteuer mit einigen Mitschülerinnen und Pornos, die er sich mit seinen Kumpels heimlich, abgelegen im Wald, im eigens dafür hergerichteten Wohnwagen reinzog. Aber was sollte zu dieser Zeit das Thema Erbe?

Er machte einen guten Hauptschulabschluss und beendete ein paar Jahre darauf erfolgreich seine Lehre als Landmaschinentechniker, bevor er endgültig auf dem elterlichen Hof anfing zu arbeiten. Er wurde schon früh Mitglied in einem der ansässigen Schützenvereine, in dem bereits sein Vater und dessen Vater aktiv waren. Auch hier lernte Johannes viele Frauen kennen. Einige Beziehungen hielten länger, aber keine lang. Und an jedem Sonntagmorgen, wenn er verschlafen aus seinem Zimmer an den Frühstückstisch kam, nachdem er bereits die Kühe gemolken und sich für ein oder zwei Stunden wieder schlafen gelegt hatte, kam dieselbe Frage. Jahrelang! Er hasste es!

Und dann lernte er Anna kennen und alles änderte sich. Anna. Die lebenshungrige, wahnsinnig sexy aussehende

Anna. Er erinnerte sich noch genau an ihre erste Begegnung im Sommer vor zwei Jahren.

Mit mittlerweile 29 Jahren war er immer noch ohne Ehefrau. Die vorwurfsvolle und barsche Stimme seines Vaters bekam er nicht mehr aus dem Kopf. Er war ein Versager, ein Nichtsnutz.

Es passierte auf dem Sommerfest in seinem Dorf. Er hatte sich extra ein schickes weißes Hemd gekauft. Schlecht sah er nicht aus mit seinem kantigen, charmanten Gesicht, das wusste er. Er hatte sich frisch rasiert und seine kurzen braunen Haare mit Gel in Form gebracht. Plötzlich stand sie vor ihm an der Theke und forderte ihn zum Tanzen auf. Bildhübsch war sie in ihrem blumigen Sommerkleid. Die langen schwarzen Haare hatte sie mit einem farblich zum Kleid passenden Band zu einem Zopf gebunden. Er stellte sein Bierglas ab und folgte ihr auf die Tanzfläche. Nach einem schnellen Tanz – zum Glück erinnerte er sich noch an die Tanzschritte aus der Tanzschule – folgte ein langsamer. Sie legte die Arme um seinen Hals und schmiegte sich an ihn. Sie roch so gut. Er legte seine Hände sachte um ihre Taille und zog sie noch etwas näher an sich, um jede Kurve ihres Körpers zu spüren.

Er hatte sie vorher noch nie in seinem Dorf gesehen. Wie sich später herausstellte, hatte sie eine alte Schulfreundin aus dem Nachbardorf besucht.

Nach diesem langsamen Tanz schlichen sich die beiden vom Festplatz und er ging, nein rannte mit ihr nach Hause in sein Zimmer. Sie küssten sich und erforschten gegenseitig ihre heißen verschwitzten Körper. Es war eine leidenschaftliche Nacht und der beste Sex, den er bislang in seinem Leben gehabt hatte.

Selbst wenn er heute an diese Nacht vor zwei Jahren dachte, schwanden ihm fast die Sinne.

Und Anna blieb. Er hatte ihr in seinen Augen nicht viel zu bieten. Das Leben auf einem Bauernhof war kein leichtes. Aber er gab sich Mühe. Der Hof war groß. Es gehörte viel Land dazu, das als Bauland von vielen Seiten heiß begehrt war. Mit dem, was er erben würde, konnte er sich als relativ vermögend bezeichnen. Ja, seine Eltern und er hatten es geschafft, den Hof zukunftsfähig zu machen. Es wurde viel modernisiert und erweitert.

Anna half, wo sie konnte und wenn sie Zeit hatte. Eine klassische Bäuerin, wie seine Eltern sich ihre Schwiegertochter vorgestellt hatten, war sie nicht. Aber das war ihm und offensichtlich auch seinen Eltern nicht wichtig.

Sie hatte in Münster eine Ausbildung zur Bürokauffrau gemacht und arbeitete bei der Niederlassung eines großen Konzerns in der Stadt. In dieser Position hatte sie gute Aufstiegschancen und so nahm sie an jeder Fortbildung teil, die ihr angeboten wurde. Auch sonst war sie viel unterwegs: besuchte Freunde oder ihren Bruder und seine Frau, machte verschiedene Kurse an der Volkshochschule, traf sich häufig abends noch mit Kollegen im Hafenviertel von Münster. Sie war ständig bemüht, Neues zu lernen: Neben den Englischkursen zur Auffrischung ihrer Kenntnisse wollte sie unbedingt noch Spanisch lernen. Das sei wichtig für ihre Karriere. Doch all das machte ihm nichts, denn er liebte sie. Sie brachte Leben in seinen Alltag. Und die Vorwürfe seiner Eltern hörten auf.

Er liebte sie so sehr, dass er ihr schon nach wenigen Monaten einen Heiratsantrag machte. Ganz klassisch bei einem schönen griechischen Essen mit Kniefall. Sie sagte Ja. Seine Eltern waren überglücklich und er war es auch.

Mit großer Begeisterung stürzten sich alle in die Hochzeitsvorbereitungen. Es sollte eine Hochzeit werden, die die Bewohner des kleinen Dorfes nicht so bald vergessen würden.

Der Johannes hat endlich eine Frau gefunden! Der Tratsch im Supermarkt war groß. Das sagte zumindest seine Mutter.

Bald kamen aber auch ihm Fragen zu Ohren: Wie kommt so eine dazu, einen Bauern wie den zu heiraten? Reicht so einer das Leben auf einem Bauernhof? Mit ihren schicken Kleidern stellt die sich aber nicht in den Stall, oder? In seinem berauschenden Glück ignorierte er das Gerede. Er war ja nicht dumm! Er würde ihr schon etwas bieten. Zuerst die Hochzeit und dann ihr neues gemeinsames Zuhause!

Die Hochzeitsfeierlichkeiten sollten tatsächlich für alle geladenen 250 Gäste unvergesslich bleiben. Anna hatte sich ein sündhaft teures und wahnsinnig sexy Hochzeitskleid gekauft. Es wurde nur das beste Essen aufgetischt. Der hiesige Gastwirt kam mächtig ins Schwitzen, aber alles funktionierte wie geplant. Die gesamten Feierlichkeiten dauerten fast eine volle Woche.

Direkt nach der Hochzeit begannen die großen Umbauarbeiten am alten Bauernhaus. Es wurde aufgestockt und das gesamte obere Stockwerk wurde ihr gemeinsames Reich. Anna wünschte sich einen großen Balkon mit einem riesigen gläsernen Wintergarten, der direkt an das Wohnzimmer anschließen sollte. Also setzte Johannes zusammen mit dem Bauunternehmer diesen wahnwitzig teuren Wunsch um. Auch die Einrichtung bestand nur aus den modernsten und teuersten Möbelstücken. Nie im Leben hätte er geglaubt, dass man so viel Geld für ein Badezimmer ausgeben konnte. Doch Anna konnte es sehr wohl und er liebte sie dafür. Er liebte sie einfach für alles, was sie tat. Sie lebten sich gut in ihr neues gemeinsames Zuhause ein.

Annas Bruder Paul kam mit seiner Frau Sabine, sooft es ging, zu Besuch. Johannes selbst hatte leider keine Geschwister. Das Verhältnis zwischen seinen Eltern und Anna war gut. Sie respektierten Anna mit ihrer für ein altes Bauernehepaar vielleicht eher schwer verständlichen Auffassung vom Leben einer Bauersfrau. Anna arbeitete weiter hart in ihrem Job in Münster und war noch genauso viel unterwegs wie vor ihrer Hochzeit.

Eines Tages kam sein Vater morgens, während er arbeitete und der Rest der Familie noch schlief, in den Stall.

„Mein Junge. Jetzt wo du die Anna geheiratet hast, solltet ihr auch an euren Nachwuchs denken. Regel das mit ihr."

Genau das waren seine Worte. Johannes würde sie nie vergessen. Wut stieg damals in ihm auf. Wie konnte sein Vater es nur wagen. Er verkniff sich jeden Kommentar und arbeitete wortlos weiter. Sein Vater drehte sich um und ging zurück ins Haus. Diese frühmorgendlichen Besuche sollten sich von nun an wieder häufen. Mit jedem weiteren Mal wuchsen Johannes' Wut und Hass.

Selbst seine Freunde im Dorf waren sich für blöde Kommentare nicht zu schade.

„Na, Johannes, immer noch keinen Braten im Ofen?"

„Und wie sieht's aus? Ist das erste Kind schon unterwegs?"

Anna bekam von all diesen Dingen nichts mit. Sie unterhielten sich gelegentlich über das Thema, aber Anna sagte jedes Mal: „Wir sind doch jung und haben so viel Zeit! Lass uns warten. Du weißt, dass ich in meinem Beruf etwas erreichen will. Das ist mir im Augenblick sehr wichtig."

Auch wenn bei ihm – zu seinem eigenen Erstaunen – der Wunsch nach einem gemeinsamen Kind inzwischen geweckt war, zeigte er Verständnis. Er liebte Anna. In der ersten Zeit überhörte er die hinter der Hand getuschelten Bemerkungen zwischen den Nachbarsfrauen:

„Das hat sich das junge Ding sicherlich anders vorgestellt."

„Die will bestimmt mehr vom Leben."

„Das ist nicht genug für so eine."

Er hatte die Hoffnung, dass der Tratsch irgendwann von ganz alleine aufhören würde.

Aber das passierte nicht. Stattdessen wurde immer lauter und unverhohlen darüber gesprochen, was bei ihm und Anna offenbar schieflief. Keiner scherte sich mehr darum, ob er es mitbekam oder nicht. Außerdem wurden die morgendlichen Besuche seines Vaters im Stall wieder häufiger. Nein, das alles hatte er bereits einmal durchgemacht. Er hatte doch jetzt Anna und war mit ihr glücklich. Was wollten alle diese Menschen von ihm. Um dem Gerede aus dem Weg zu gehen, besuchte er immer seltener die Veranstaltungen im Dorf und die wöchentlichen Doppelkopfrunden mit seinen Freunden sagte er immer öfter ab.

Und Anna? Anna war bezaubernd wie immer und strich all sein Grübeln mit einer Hand weg. Der Sex war immer noch unglaublich. Ihre unterschiedlichen Lebensweisen führten dazu, dass sich nur selten die Gelegenheit für tiefergehende Gespräche ergab. Anna war ständig unterwegs und er arbeitete viel. Und in den wenigen kostbaren Momenten, in denen sie miteinander sprachen, wollte er keinen Streit heraufbeschwören.

Alles, was Anna sich für ihr Leben wünschte, erfüllte er ihr. Er versuchte, jeden winzigen Hinweis von ihren wunderschönen Augen abzulesen. Nur seinen Wunsch nach einem Kind, den einzigen Wunsch, den er, Johannes, inzwischen hatte, konnte Anna nicht erkennen. Auch wenn Johannes das seinem Vater gegenüber nicht zugeben wollte: Ja, auch er wünschte sich einen Erben. Aber für ihn ging es nicht allein um die Sicherung des Hofs, nein, für ihn sollte es ein Kind der Liebe sein – der Liebe, die er für diese unglaubliche Frau empfand.

Es wäre die Krönung ihres gemeinsamen Glücks gewesen. Doch er wagte nicht mehr, diesen Wunsch auszusprechen.

Irgendwann, da war er sich ganz sicher, würde auch sie in ihrem Innersten das Verlangen nach einem Kind spüren.

Und nun stand er alleine im Stall. Die Melkmaschine mit ihren präzisen mechanischen Geräuschen arbeitete vor sich hin. Und Anna war weg.

Kapitel 4

Nur wenige Tage nachdem Charlotte ihren unterschriebe-
nen Arbeitsvertrag bei der Detektei Phönix abgegeben hatte
und sie mittlerweile die Informationsmappe auswendig
kannte, klingelte das Telefon. Sie lag wieder einmal in ihrer
Hängematte und hatte sich gerade für einen Menüvorschlag
entschieden, den der Restaurantbesitzer für das Hochzeits-
essen gemacht hatte. Heute Abend würde sie ihn mit Alexander besprechen. Sie war sich sicher, dass er ihm auch
gefallen würde. Noch ganz in Gedanken bei ihrer Hochzeit
ging sie ins Haus und nahm den Hörer ab.
„Kemburg. Guten Tag."
„Räsner hier, hallo. Frau Kemburg, wir haben einen ersten
Auftrag für Sie."
Charlottes Herz begann, schneller zu schlagen. Jetzt ging
es los.
„Ich möchte Sie bitten, in zwei Stunden hier zu mir ins Büro
zu kommen. Es ist leider nicht früher möglich, da ich noch
andere Termine habe."
„Das ist kein Problem für mich."
„Heute Morgen habe ich ein längeres Telefongespräch mit
unserer Auftraggeberin geführt. Es handelt sich um ein sehr
sensibles Thema. Deshalb möchte ich einige Details zum
Vorgehen mit Ihnen besprechen. Nur so viel vorweg: Eine
junge Frau ist vor etwas mehr als drei Monaten verschwunden. Von einem Tag auf den anderen. Seitdem wird sie vermisst. Es gibt keine Spur von ihr. Sie hatte erst vor einem
Jahr in eine Bauernfamilie eingeheiratet. Alles Weitere
dann in zwei Stunden."
„Ja. Bis nachher."
Sie legte auf.

Charlotte erinnerte sich an eine Talkshow, die sie erst vor Kurzem im Fernsehen gesehen hatte. Die Diskussion hatte sich auch um vermisste Personen gedreht. Dabei ging es jedoch weniger um die vermissten Personen selbst als vielmehr um die Angehörigen und die Ansprechstellen, die ihnen von der Polizei angeboten werden und nicht sonderlich zahlreich sind. Der Journalist, der dieses Thema in seinem Buch behandelte, machte in der Talkshow deutlich, wie schwer die Situation für die Familien und Freunde von vermissten Personen ist. Außerdem wies er darauf hin, dass es für die Polizei einen großen Unterschied macht, ob es sich um einen vermissten Erwachsenen oder ein Kind handelt. Bei vermissten Kindern würde umgehend ein erheblicher Fahndungsaufwand betrieben. Bei vermissten erwachsenen Personen, die im vollen Besitz ihrer geistigen und körperlichen Kräfte sind, würde erst gefahndet, wenn die Vermutung nahe läge, dass sie in Gefahr sein könnten. Andernfalls dürfte die Polizei keine Suche einleiten, da jeder Erwachsene seinen Aufenthaltsort frei wählen könne, ohne Familie und Freunde darüber zu informieren. Würde diese Person dann gefunden werden, dürfte die Polizei den Aufenthaltsort nur mit ihrer Zustimmung anderen Personen mitteilen. Es sei also für Außenstehende kaum zu beurteilen, ob eine erwachsene Person absichtlich oder ohne eigenes Verschulden verschwunden sei. Wollte ein Erwachsener nicht gefunden werden, konnte er dies verhindern.

Was diese Person damit ihrer Familie antat, fand Charlotte ungeheuerlich.

Da es sich bei ihrem ersten Fall nun um eine junge, frisch verheiratete Frau handelte, schlussfolgerte Charlotte, dass ihr Ehemann und der Rest der Familie seit drei Monaten durch die Hölle gingen. Das Bedürfnis, diesen Menschen zu helfen, wuchs mit jedem weiteren Gedanken. Sie nahm sich vor, ganz systematisch an die Sache heranzugehen. Irgendwo musste die vermisste Frau ja sein.

Aus der Küche holte sie sich Schreibblock und Kuli und fing an, alle Fragen, die ihr spontan in den Sinn kamen, aufzuschreiben. Später würde sie diese dann Schritt für Schritt mit der betroffenen Familie und den Freunden besprechen. Sie alle hatten diese Dinge bestimmt schon mit der Polizei erörtert. Große Hoffnung, dass die ihnen helfen konnte, bestand allerdings nicht. Sonst wäre dieser Auftrag sicherlich nicht bei einer Detektei gelandet. Charlotte würde in jedem Fall ihr Bestes geben.

Nachdem ihr keine Fragen mehr einfielen, steckte sie Block und Kuli in ihre Handtasche und machte sich mit ihrem Auto auf den Weg nach Münster zur Detektei.

Herr Räsner schien gerade seinen letzten Termin beendet zu haben. Er bat sie in sein Büro. „Bitte, nehmen Sie Platz. Ich komme gleich zum Thema. Haben Sie etwas zum Schreiben dabei? Ich möchte gerne, dass Sie sich die wichtigsten Punkte notieren."

Charlotte kramte Block und Stift aus ihrer Handtasche und fing an mitzuschreiben.

„Angerufen hat uns Frau Elisabeth Klockmann, sie ist die Schwiegermutter der vermissten Person. Wie ich bereits am Telefon sagte, handelt es sich um eine junge Frau, Anna Klockmann, geborene Schenck, die vor circa einem Jahr den Sohn der Auftraggeberin geheiratet hat. Mit seinen Eltern zusammen bewirtschaftet Johannes Klockmann einen großen Bauernhof, spezialisiert auf Milchwirtschaft.

Verschwunden ist Anna Klockmann an einem Mittwochabend im April. Sie hatte ihren Bruder Paul Schenck und dessen Frau in Osnabrück besucht und ist an diesem Abend nicht nach Hause zurückgekehrt. Am Vormittag des nächsten Tages telefonierte der Sohn mit allen bekannten Familienmitgliedern und Freunden. Doch keiner wusste, wo sie war. Am Abend desselben Tages gingen sie zur Polizei und wollten eine Vermisstenanzeige aufgeben. In solchen Fällen macht die Polizei allerdings höchstens eine sogenannte Aufenthaltsermittlung, schließlich ist Anna Klockmann erwachsen und kann tun und lassen, was sie will – auch verschwinden, wenn ihr danach ist.

Die Polizeibeamten konnten ihnen also nicht viel weiterhelfen, zumal es auch keine Anzeichen dafür gab, dass Gefahr für Leib und Leben bestand. Immerhin nahmen sie ein Foto von Anna Klockmann entgegen und fragten bei den umliegenden Krankenhäusern und Polizeistationen nach. Ohne Erfolg.

Seit dem Tag ihres Verschwindens hat die Familie nichts von Anna Klockmann gehört. Die Polizei hat keine Fahndung eingeleitet, da hierfür kein Grund bestand. Frau Elisabeth Klockmann möchte uns damit beauftragen, herauszufinden, was mit ihrer Schwiegertochter passiert ist. Sie macht sich große Sorgen um sie. Ihr Sohn scheint offensichtlich alle Hoffnung aufgegeben zu haben und stürzt sich umso mehr in seine Arbeit auf dem Bauernhof. Ihr Mann ist ihrer Aussage nach in tiefe Schwermut verfallen und so wortkarg wie nie zuvor. Das war alles, was ich in diesem ersten Telefongespräch von ihr erfahren habe.

Die Formalitäten hinsichtlich der Auftragsabwicklung werden von meiner Sekretärin erledigt. Ich möchte, dass Sie sich so schnell wie möglich mit der Familie in Verbindung setzen. Sie wohnt in einem Dorf in Ihrer Gegend. Der Bauernhof liegt etwas außerhalb. Hier haben Sie die Adresse."

Herr Räsner gab Charlotte einen kleinen Zettel.

„Ja, das ist nicht weit von meinem Wohnort entfernt. Soll ich mich telefonisch ankündigen, oder wie gehe ich vor?"

„Nein. Das ist nicht notwendig. Frau Klockmann sagte mir, dass jederzeit jemand vorbeikommen könne. Sie oder ihr Mann seien immer zu Hause. Sehen Sie sich dieser Sache gewachsen? Das ist ein nicht zu unterschätzender erster Fall für Sie. Bitte gehen Sie äußerst behutsam vor." Herr Räsner sah sie prüfend an. „Sollten Sie – wohlgemerkt gegen meine aktuelle Einschätzung – feststellen, dass in irgendeiner Form ein Verbrechen vorliegt, sei es Entführung oder Mord, schalten wir umgehend die Polizei ein. Ich erwarte, dass Sie mir regelmäßig über Ihre Aktionen und Ergebnisse Bericht erstatten. Sie sind Juristin. Sie wissen, wie wichtig eine detaillierte und wahrheitsgetreue Dokumentation ist. Auch wenn Sie nur als Aushilfskraft eingestellt wurden, ist meine Erwartungshaltung an Sie sehr hoch. Wenn Sie sich unsicher fühlen oder sonstige Hilfe benötigen, wenden Sie sich bitte direkt an mich."

Herr Räsner stand auf und reichte ihr zuversichtlich lächelnd die Hand. „Und denken Sie daran: Die Zufriedenheit unseres Kunden steht immer im Mittelpunkt. Alles Gute!"

Charlotte erwiderte den kräftigen Händedruck und verließ das Büro.

Wieder draußen atmete sie tief die warme Sommerluft ein. „Mord!?!", wirbelte es ihr durch den Kopf. Niemals hatte sie an Mord gedacht. Gut, in den Fällen von Miss Marple und Hercule Poirot ging es auch immer um Mord. Aber so etwas passierte doch nicht im ländlichen Münsterland, auf einem Bauernhof in ihrer Nähe. Nein, das konnte nicht sein. Der Fall war bestimmt ganz leicht zu lösen. Bei dem Wort Mord hatte sie trotz des heißen Wetters eine Gänsehaut bekommen.

Ihre erste ganz rationale Einschätzung: Die junge Frau war untergetaucht oder, besser gesagt, abgehauen. Das musste es sein. Als Fremde in einem kleinen Dorf in eine Bauernfamilie einzuheiraten, war bestimmt die falsche Entscheidung für Anna Klockmann gewesen. Da schien es offensichtlich der einfachste Ausweg, ohne ein Wort zu verschwinden. So etwas kam sicher häufiger vor. Tief in Gedanken fuhr Charlotte nach Hause.

Um sich etwas abzulenken, hielt sie auf dem Heimweg kurz beim Supermarkt und kaufte fürs Abendessen ein. Alexander wunderte sich bestimmt schon, wie häufig sie in der letzten Zeit mehr als etwas „Schnelles" gekocht hatte. Aber das war ihr am heutigen Tagen wirklich ganz gleich. Ihre Hände brauchten etwas zu tun, auf das sie sich voll konzentrieren musste. Mord, nein. Das würde sie nach den ersten Recherchen ausschließen können, da war sie sich ganz sicher.

Kapitel 5

Was war nur mit ihr los? Seit Monaten hatte sie sich nicht mehr gemeldet. Nervös ging er in seinem Büro auf und ab. Er schaute immer wieder auf sein Handy, das er nur für ihre Anrufe und ihre Nachrichten gekauft hatte. Es war ein Handy mit einer Prepaid-Karte, sodass niemand die Anrufe zurückverfolgen konnte. Über diese Nummer hatten sie so viele Treffen vereinbart. Bislang hatte sie ihn mindestens fünfmal im Monat angerufen. Verdammte Schlampe, dachte er. Und jetzt ließ sie ihn einfach sitzen.

Das letzte Treffen war nicht gerade positiv verlaufen, das war ihm klar. Er war total ausgerastet! Was hatte sie sich bloß dabei gedacht? Ihm einfach ein Kind unterjubeln zu wollen? Nein, das ließ er nicht mit sich machen. Vielleicht war er zu laut geworden. Ach, sie hatten sich gegenseitig angeschrien. Letztendlich hatte sie ihre Tasche geschnappt und war wutentbrannt aus dem Hotelzimmer gestürzt.

Seine Sekretärin hatte er heute frühzeitig nach Hause geschickt. Er brauchte dringend Zeit, um nachzudenken. Und das konnte er am besten im Büro. Sobald er zu Hause ankam, nahmen ihn seine drei Kinder vollkommen in Beschlag. Und seine Frau Sonja, die nicht arbeitete, die im Haushalt Unterstützung durch eine Hauswirtschafterin hatte, die sich nicht um ihre Kinder zu kümmern brauchte, da sie auch eine Tagesmutter hatte, zog sich, sobald er abends die Tür öffnete, mit irgendeiner Ausrede in ihr Schlafzimmer zurück. Ja, in ihr Schlafzimmer. Sie hatten schon lange getrennte Schlafzimmer. Maximilian, mit vier Jahren ihr jüngster Sohn, verstand das nicht. Den beiden älteren Söhnen Fabian und Anton hatten sie die getrennten Schlafzimmer damit erklärt, dass Sonja bei seinem lauten

Schnarchen einfach nicht schlafen konnte. Sie hatten diese Begründung akzeptiert.

Nur Sonja und er wussten, was dahintersteckte. Er brauchte eine perfekte Familie. Sie gehörte zu seinem Image als Anlagenberater. Sie vermittelte seinen Klienten Vertrauenswürdigkeit, Bodenständigkeit und das Bild eines sich sorgenden Mannes und Familienvaters. Und Sonja brauchte dieses Konstrukt auch, wie sonst sollte sie ihren hohen Lebensstandard halten können. Bei einer Scheidung würde sie nichts gewinnen, dafür hatte er von Anfang an gesorgt. Sie wusste von ihr und es war ihr egal. Sie empfand ebenso wenig Liebe für ihn wie er für sie. Ihre Liebe war im Laufe der Ehe gestorben.

Seine Kinder liebte er dafür umso mehr. Für sie würde er alles geben. Wenn sie groß wären, würden sie seine Situation verstehen, dessen war er sich ganz sicher.

Das Einzige, was seinem Leben neben seinen drei Kindern noch Sinn gab, waren die Treffen mit ihr. Aber wieso meldete sie sich nicht. Sie musste doch verstehen, dass er das Kind nicht wollte. Außerdem glaubte er nicht, dass es seines war. Das hatte er ihr auch an jenem Abend gesagt. Woraufhin sie ihm eine heftige Ohrfeige verpasst und ihn noch lauter angeschrien hatte. Er bot ihr Geld für eine Abtreibung an. Er konnte kein Kind von seiner Geliebten gebrauchen, er hatte so schon genug Probleme. Es war von Anfang an für beide Seiten klar gewesen, dass er seine Familie nie verlassen würde.

Die heimlichen Treffen mit ihr im Hotel waren ein Spiel für ihn, ein Abenteuer. Bislang hatte er den Eindruck, dass sie es genauso sah. Was war also passiert? Er wusste nichts über sie, nur ihren Namen. Sie hatten sich vor vier Jahren in einer Bar kennengelernt. Sie war so jung und schmeckte so süß.

Und jetzt wollte sie ihn erpressen. Er solle gefälligst Unterhalt für sein Kind zahlen. Was dachte sie sich nur? Das Geld für die Abtreibung hatte sie ihm ins Gesicht geworfen. Verdammt! Sie interessierte ihn doch eigentlich gar nicht, nur ihr Körper. Oh ja, den hatte er schon zu lange nicht mehr gespürt. Wo steckte sie nur?

Er griff seine Aktentasche und verließ das Büro. Es war mittlerweile 22 Uhr. An der Straße hielt er ein Taxi an und ließ sich zum nächsten Bordell fahren.

Kapitel 6

Die Tasche war gepackt. Nach kurzem Zögern hatte Charlotte das Diktiergerät wieder herausgenommen. Das schien ihr doch etwas übertrieben. Mit einem leicht nervösen Gefühl im Magen schwang sie sich auf ihr Fahrrad und radelte los. Fahrradfahren beruhigte sie und gab ihr Zeit zum Nachdenken. Noch heute lachte Alexander, wenn sie sich bei einigermaßen gutem Wetter sonntagsmorgens aus dem Schlafzimmer schlich, gemütliche Klamotten anzog und mit ihrem alten Hollandfahrrad eine Runde um den Waldhügel drehte. Das war von Kindheit an ihre Lieblingsrunde gewesen.

Heute ging es jedoch in eine andere Richtung. Sie schätzte die Fahrtzeit auf etwa eine halbe Stunde. Schon nach fünf Minuten schwitzte sie dermaßen, dass die Sonnenbrille anfing, auf ihrer Nase zu rutschen. „Ich hätte das Auto nehmen sollen", murmelte sie vor sich hin. Aber mit dem Fahrrad konnte sie den Bauernhof der Klockmanns besser in Augenschein nehmen. An der langen Hofzufahrt war sie schon häufig entlanggefahren. Auf den Hof selbst hatte sie jedoch nie geachtet. Was würde sie gleich erwarten? Wie begegnete man einer Familie, die seit Monaten ein geliebtes Mitglied vermisste? Ihr flaues Magengefühl wuchs, also trat sie noch stärker in die Pedale.

Nach gut zwanzig Minuten hatte sie den Hof erreicht. Sie bog mit ihrem Fahrrad in die Auffahrt ein und verlangsamte das Tempo, bis sie auf einem großen gepflasterten Platz ankam. Am Kopf des Platzes lag das Wohnhaus. Es machte einen riesigen, fast majestätischen Eindruck. Der komplette zweite Stock schien neu zu sein. Zur rechten Seite lagen neu gebaute Stallungen, zur Linken befanden sich einige ältere Gebäude, in denen durch die offenen Tore Landmaschinen zu erkennen waren. Charlotte stellte ihr Fahrrad ab und ging auf das Wohnhaus zu. Alles war gepflegt und sauber. Ein Auto war nicht zu sehen. Sie klingelte. Einmal, zweimal. Nach dem dritten Mal hörte sie Schritte. Die Tür wurde geöffnet. Vor ihr stand eine weißhaarige, etwas dickliche Frau, die sie unverwandt anschaute. Über ihren Rock und ihrer Bluse trug sie einen dieser ärmellosen Nylon-Kittel in Blau mit kleinen rosa- und lilafarbenen Blümchen, der so typisch für ältere Bäuerinnen war.

„Guten Tag. Was wollen Sie?", fragte sie direkt.

„Guten Tag. Mein Name ist Charlotte Kemburg. Ich komme von der Detektei Phönix. Sie hatten mit Herrn Räsner telefoniert und um unsere Hilfe gebeten."

Der Gesichtsausdruck der Frau änderte sich schlagartig. Es breitete sich eine große Traurigkeit auf ihrem Gesicht aus.

„Ja, ja, das ist richtig. Mein Name ist Elisabeth Klockmann. Bitte kommen Sie doch herein."

Frau Klockmann führte Charlotte durch eine lange dunkle Diele, in der linker Hand ein riesiger alter Kamin in die Wand eingelassen war. Durch die Tür am Ende der Diele betraten sie eine absolut neue Küche mit den modernsten Küchengeräten, die Charlotte jemals gesehen hatte.

Wohlwissend, dass schon andere Besucher angesichts einer solch modernen Küche in dieser Umgebung überrascht waren, sagte Frau Klockmann: „Anna hat die Küche für uns ausgesucht." Schnell wechselte sie das Thema, offenbar noch nicht bereit, über ihre Schwiegertochter zu sprechen: „Bei dem Wetter ist es wohl besser, wenn wir uns auf die Terrasse setzen. Bitte gehen Sie schon mal vor. Ich mache uns einen Kaffee."

Charlotte ging durch die zweite Küchentür, die nach draußen führte, und fand sich auf einer wunderbaren Terrasse wieder. Rundum blühte alles in leuchtenden Farben. Der Garten war sehr groß mit vielen alten Obstbäumen, die Schatten spendeten. Sie drehte sich um und blickte zum oberen Stockwerk. Auch dort blühte ein Blumenmeer. Von ihrem Standpunkt aus konnte sie einen großen Balkon mit einem ebenso großen Wintergarten erkennen.

Frau Klockmann kam mit einem Tablett zu ihr und stellte es auf dem Holzgartentisch ab. Sie setzten sich in die gemütlichen Stühle. Die Bäuerin schenkte ihr Kaffee ein.

„Zucker? Milch?"

„Nein danke. Ich trinke den Kaffee schwarz." Charlotte wusste nicht, was sie sagen sollte. Etwas verlegen nahm sie die Tasse entgegen und trank einen Schluck. „Sie haben einen wunderbaren Garten und ein sehr beeindruckendes Haus", sagte sie.

„Ja, unsere Anna hat es sich so gewünscht." Frau Klockmann schluckte. „Unser Johannes hat hier alles nach ihren Vorstellungen umgesetzt. Er liebt sie so sehr."

Nach einem kurzen Schweigen sprach Frau Klockmann weiter. „Sie müssen sie finden. Bitte. Sie müssen sie finden und zu uns zurückbringen. Mein Mann Josef und mein Sohn glauben nicht mehr daran, dass sie heimkommt. Ich spüre das. Sie beide halten auch nichts davon, dass ich mich bei Ihnen gemeldet und Sie mit der Suche nach Anna beauftragt habe. Aber ich kann nicht tatenlos hier rumsitzen und das Leben so weiterführen. Anna gehört zu uns. Sie muss zurückkommen."

Sie zog ein Taschentuch aus ihrer Kitteltasche und rieb sich damit die tränenerfüllten Augen.

„Frau Klockmann, um Anna zu finden, müssen Sie uns helfen. Ich hoffe, Sie sind damit einverstanden, wenn ich mir während unseres Gesprächs Notizen mache?"

Die alte Bäuerin nickte stumm.

46

Charlotte zog Notizblock und Stift aus ihrer Tasche.

„Erzählen Sie einfach alles, was Ihnen einfällt."

Mit zitternder Hand stellte Frau Klockman ihre Tasse auf den Tisch und dann fing sie an zu erzählen.

Ihr Mann Josef und sie hatten sich so darüber gefreut, dass Johannes endlich eine Frau gefunden hatte. Sie hatten sich schon Sorgen gemacht. Ihr Leben lang hatten sie hart gearbeitet und alles für die Zukunft ihres Sohnes getan. Johannes liebte die Arbeit auf dem Hof genauso wie ihr Mann und sie, was sie mit viel Freude beobachteten. Doch das Privatleben sollte natürlich nicht zu kurz kommen. Deshalb waren sie ganz begeistert gewesen, als Johannes ihnen Anna vorgestellt hatte. Sie hatten zwar von Anfang an erkannt, dass Anna niemals eine Bäuerin sein würde. Sie mochte nicht einmal Tiere. Dennoch hatten sie die Entscheidung ihres Sohnes, Anna zu heiraten, akzeptiert. Alles ging ganz schnell. Sie kannten sich gerade mal ein paar Monate, als auch schon von Hochzeit die Rede war. Es wurde ein großes wunderbares Fest. Tja, natürlich hofften ihr Mann und sie dann auch, bald Enkelkinder auf dem Hof spielen zu sehen. Aber Johannes sagte immer, dass sie noch Zeit hätten. Womit er wahrscheinlich recht hatte.

Frau Klockmann richtete sich ein wenig auf, bevor sie erzählte, dass Anna auch immer viel unterwegs war und noch richtig Karriere machen wollte. Zwischendurch half sie ab und an auf dem Hof. Gegenüber ihrem Mann und ihr war sie immer herzlich und aufmerksam, wenn sie sie mal antrafen. Sonntags buk sie oft Kuchen und brachte ihn zum Kaffee mit nach unten. Ja, Johannes und sie bewohnten das obere Stockwerk. Es wurde komplett nach Annas Wünschen angelegt und eingerichtet, außerdem hatte es einen eigenen Zugang an der rechten Hausseite. Auch sonst war alles getrennt.

Und dann kam der Tag im April. Es war ein Mittwochabend und Anna war am frühen Nachmittag zu ihrem Bruder Paul und seiner Frau nach Osnabrück gefahren. Es hatte den ganzen Tag geregnet. Anna besuchte ihren Bruder oft und kam meist spät von diesen Besuchen zurück. Da sie selbst nicht mehr so fest schlief, hörte sie Anna immer auf die Hofeinfahrt fahren.

„Was für ein Auto fährt Anna, Frau Klockmann?" Charlotte achtete darauf, nicht in der Vergangenheitsform zu reden.

„Einen roten Kleinwagen. Die Marke weiß ich nicht."

Auf jeden Fall sei Anna von diesem Besuch nicht mehr zurückgekehrt.

„Johannes hat am nächsten Morgen sofort bei Paul angerufen. Der wusste allerdings nichts über Annas Verbleib. Sie ist immer schon eine sehr spontane Frau gewesen, sollten Sie wissen. Anschließend rief Johannes bei Annas Mutter in Süddeutschland an. Aber auch sie konnte nichts zu Annas Aufenthaltsort sagen. Also schnappte sich unser Sohn Annas Notizbuch, das in der Schublade unter ihrem Telefon lag, und telefonierte alle Nummern durch. Keiner wusste irgendetwas. Uns blieb nichts anderes übrig, als zu warten. Wir setzten uns in die Küche und rechneten fest damit, dass Anna spätestens bei Anbruch der Dunkelheit wieder zu Hause sei. Aber sie kam nicht. Dann fuhren wir mit unserem Sohn in die Stadt, nahmen ein Foto von Anna mit und gingen direkt zur Polizei. Johannes wollte eine Vermisstenanzeige aufgeben, doch das geht gar nicht. Sie ist ja erwachsen, sie darf verschwinden, ohne Bescheid zu sagen. Stellen Sie sich das mal vor! Man kann so gut wie nichts machen, das haben sie ihm gleich gesagt. Man könnte nur das Notwendige unternehmen, bei den Krankenhäusern und anderen Polizeistationen anfragen." Elisabeth Klockmann griff erneut zum Taschentuch und tupfte ihre Augen trocken. „Und bis heute haben wir nichts von ihr gehört. Gar nichts! Mein Mann spricht kaum noch mit uns. Er hatte sich so sehr Enkelkinder gewünscht. Und unser Sohn arbeitet nur noch. Bitte, Sie müssen sie uns zurückbringen", sagte sie flehentlich und ihre Augen füllten sich wieder mit Tränen.

Charlotte räusperte sich. „Frau Klockmann, ich muss Ihnen einige Fragen stellen. Wenn Sie mir diese bitte bestmöglich beantworten würden."

Als sie das Nicken der Bäuerin sah, blätterte sie nervös auf die Seite, auf der sie sich alles notiert hatte.

„Gab es vor Annas Verschwinden Streit hier auf dem Hof? Zwischen ihr und Johannes? Oder zwischen Ihrem Mann und Ihrem Sohn?"

„Nein, alles war bestens. Wir dachten alle gemeinsam nur an die Zukunft und arbeiteten hart dafür."

„Nach all dem, was Sie mir gerade erzählt haben, würde ich den folgenden Punkt ausschließen. Dennoch möchte ich Sie bitten, mir diese Frage zu beantworten. Ist Anna eine depressive Person, die eventuell Selbstmordgedanken hat?"

„Unsere Anna?" Ein verzweifeltes Lächeln erschien im Gesicht von Frau Klockmann. „Nein, niemals. Sie liebt das Leben und genießt es immer in vollen Zügen. Johannes liest ihr jeden Wunsch von den Augen ab und erfüllt ihn ihr."

„Da kann sie sich ja glücklich schätzen, Ihren Sohn getroffen zu haben. Anna kommt ja nicht aus diesem Dorf. Kennt sie hier viele Leute? Ist sie mit einigen befreundet?"

„Um ehrlich zu sein: Nein. Wie ich schon sagte, sie ist anders als die normalen Bauersfrauen hier. Sie will Karriere machen und erst dann Kinder bekommen, wenn sie da angekommen ist, wo sie hinwill. Das hat sie immer zu unserem Johannes gesagt. Enge Freundschaften hat sie meines Wissens hier bisher nicht geschlossen."

„Was macht sie denn in ihrer Freizeit? Sie sagten, dass sie ab und zu auf dem Hof hilft?"

„Das ist richtig. Aber viel Zeit dafür hat sie nicht. Wissen Sie: Sie lernt Spanisch und macht auch sonst viele Kurse, um sich weiterzubilden. Sie trifft sich häufig mit Freunden in Münster oder Osnabrück. Aber viel kann ich dazu nicht sagen. Da müssen Sie besser meinen Sohn fragen."

„Was ist eigentlich mit Annas Wagen? Die Beschreibung des Autos hat Ihr Sohn bestimmt der Polizei gegeben?"

„Ja selbstverständlich. Aber auch hierzu haben wir bis heute nichts gehört."

„Und wie sieht es mit Annas Sachen aus? Sind die alle noch vollständig in der Wohnung? Oder hat sie an diesem Abend vielleicht etwas mitgenommen?"

„Wenn Sie damit andeuten wollen, dass Anna einfach so von uns weggegangen ist, weil sie hier nicht mehr leben wollte, liegen Sie falsch. Wie gesagt: Unser Johannes erfüllt ihr jeden Wunsch. Wieso sollte sie uns also verlassen? Nein, das kann nicht sein."

„Frau Klockmann, wäre es möglich, dass ich mir das Notizbuch mit den Telefonnummern mal anschauen könnte und die Nummern herausschreiben dürfte?"

„Ja, natürlich."

„Und eine letzte Frage habe ich noch zu der besagten Nacht. Sie sagten, dass Sie nicht mehr sehr fest schlafen. Ist Ihnen da irgendetwas aufgefallen?"

„Nein, gar nichts. Es hat auch so stark geregnet, dass ich von draußen nichts gehört habe. Zwischen drei und vier Uhr morgens steht Johannes immer auf, um die Kühe zu melken. Aber mehr kann ich dazu nicht sagen."

„O.k. Vielen Dank. Wenn ich jetzt bitte das Notizbuch sehen könnte?"

„Einen kleinen Augenblick. Ich hole es Ihnen."

Frau Klockmann stand auf und ging ins Haus. Kurze Zeit später hörte Charlotte durch die offen stehende Terrassentür schnelle Schritte in der Küche. Der Fliegenvorhang wurde beiseitegeschoben und ein junger Mann ungefähr in ihrem Alter stand vor ihr.

„Sind Sie die Detektivin, die meine Mutter engagiert hat?" Er schaute sie mit unverhohlener Abneigung an. Das war dann wohl Johannes. Auf diese Begegnung war Charlotte gar nicht vorbereitet.

„Ja genau, ich komme von der Detektei Phönix. Mein Name ist Charlotte Kemburg. Guten Tag. Sie müssen Johannes Klockmann sein."

Er fuhr sich mit der Hand durch seine kurzen braunen Haare. Offensichtlich gefiel ihm diese Situation überhaupt nicht.

In das Schweigen hinein kam Frau Klockmann mit dem Notizbuch in der Hand zurück.

„Was wollen Sie mit Annas Notizbuch? Ich habe mit jeder Person, die dort genannt wird, telefoniert. Niemand konnte mir weiterhelfen. Hören Sie: Niemand."

„Johannes, sie soll zurückkommen! Sie gehört zu uns." Frau Klockmanns Stimme überschlug sich. „Und wenn der letzte Weg ein Detektiv ist, dann soll es so sein. Ich erwarte von dir, dass du diese Suche unterstützt."

„Was? Mutter! Was soll ich noch tun?"

„Hilf, deine Ehefrau zu finden!" Sie fing an zu weinen. „Bitte entschuldigen Sie mich." Sie legte das Notizbuch auf den Tisch und ging.

„Bevor Sie irgendetwas Falsches denken: Natürlich möchte ich auch, dass Anna zurückkommt. Es gibt nichts, was ich mir sehnlicher wünsche. Aber wo um alles in der Welt sollte sie sein? Wir haben alles versucht, alle befragt. Keiner konnte uns helfen."

„Herr Klockmann, bitte vertrauen Sie uns. Wie wäre es, wenn Sie damit anfangen würden, mir etwas zu den Personen in diesem Notizbuch zu erzählen? Wer gehört zu Annas Familie? Wie heißen ihre besten Freundinnen? Stehen hier auch die Namen ihrer Kollegen und Kolleginnen drin?"

Widerstrebend setzte er sich zu ihr an den Gartentisch, aber dann vertieften sie sich in die Kontaktdaten. Seite für Seite gingen sie das Notizbuch durch. Herr Klockmann erzählte Charlotte, was ihm zu den einzelnen Namen, Adressen und Telefonnummern einfiel, und sie notierte sich alles. Am Ende hatte sie viele Seiten mit Informationen vollgeschrieben.

„Gut, ich denke, das reicht für heute. Vielen Dank für Ihre Hilfe." Charlotte stand auf und reichte Herrn Klockmann die Hand.

Er ergriff sie und erwiderte ihren Händedruck. Nach einem kurzen Moment sagte er: „Bitte finden Sie sie. Sie ist mein Leben." Er begleitete sie zur Tür. „Meine Mutter hat sich wahrscheinlich ins Bett gelegt. Seit Anna verschwunden ist, schläft sie viel und zieht sich häufig zurück."

„Richten Sie ihr bitte meine Grüße aus. Wir werden uns melden, sobald wir weitere Informationen haben. Ich würde mich zu einem späteren Zeitpunkt auch noch gerne mit Ihrem Vater unterhalten. Soll ich vorher kurz bei ihm anrufen?"

„Ja, das ist eine gute Idee. Auf Wiedersehen, Frau Kemburg." Sobald sie draußen war, schloss er die Tür.

Charlotte ging zu ihrem Fahrrad, blickte noch einmal auf das Haus zurück und wünschte sich inniglich, dass sie dieser Familie würde helfen können. Sie war sehr aufgewühlt und freute sich über die Rückfahrt nach Hause. Sie hatte an ihrem ersten Ermittlungstag sehr viele Informationen erhalten. Und sie fand, dass sie sich recht gut gehalten hatte. Die

Abneigung des Sohnes gegen ihre Fragen war ihr heftig entgegengeschlagen. Aber damit würde sie schon fertigwerden. Anna Klockmann schien auf jeden Fall eine interessante Person zu sein. Sie hatte weit mehr Adressen und Telefonnummern in ihrem Adressbuch stehen als Alexander und Charlotte gemeinsam. Da hatte sie eine Menge Arbeit vor sich.

Als Alexander an diesem Abend nach Hause kam, fragte sie ihn beim Essen, was er machen würde, wenn sie von einem Tag auf den anderen plötzlich verschwunden sei. Erstaunt schaute er sie an.

„Wie kommst du darauf? Kriegst du etwa kalte Füße vor unserer Hochzeit? Falls ja, dann sag es bitte jetzt."

„Nein, nein", lachte sie, „du bist der Mann meines Lebens. Aber jetzt sag schon: Was würdest du machen?"

„Ich würde Himmel und Hölle in Bewegung setzen, um dich zu finden."

„Und was denkst du, für wie lange du alles daransetzen würdest? Einen Monat, ein Jahr?"

„Du machst mir Angst."

„Ach komm schon. Wie lange?"

„Mein ganzes Leben lang." Er stand auf und küsste sie. „Was soll diese Fragerei?"

„Ich habe beim Friseur einen Bericht gelesen, in dem es um vermisste Menschen und das Schicksal der verlassenen Familien und Freunde ging, der mich sehr bewegt hat."

Sein Blick wurde ernst.

„Ja, das muss schrecklich sein. Aber ich habe ja zum Glück dich und du hast mich. Und keiner von uns möchte aus dem Leben des anderen verschwinden."

Lachend legte Charlotte ihre Arme um seinen Hals und zog ihn zu sich herab.

Unversehens hob er sie hoch und trug sie die Treppe hinauf in ihr Schlafzimmer.

„Hey, ich hatte noch gar keinen Nachtisch", sagte sie und küsste ihn.

Kapitel 7

Am nächsten Morgen nahm Charlotte ihren Laptop und setzte sich auf die Terrasse. Dieses Jahr war der Sommer wirklich besonders heiß. Sie schlug den Notizblock auf und fing an, einen Bericht für Herrn Räsner zu schreiben, in dem sie alles genauestens festhielt.

Zwischendurch musste sie immer wieder an Alexanders gestrige Bemerkung denken. „Ein Leben lang." Wenn sie an Johannes Klockmann dachte, kam sie unweigerlich zu dem Schluss, dass es auch Menschen gab, die in solchen Situationen schneller resignierten. Dennoch hatte er ihr zu Annas Notizbuch sehr viele Informationen gegeben. Nach Abschluss ihres Berichtes, den sie per Mail an Herrn Räsner schickte, studierte sie die Adressen und alles, was sie hierzu notiert hatte. Annas beste Freundin hieß demnach offensichtlich Leonora Müller und wohnte in Münster. Die Adresse von Annas Bruder, Paul Schenck, und seiner Ehefrau Sabine hatte sie sich ebenfalls zusammen mit der Telefonnummer aufgeschrieben. Das waren neben Herrn Klockmann senior die nächsten Personen, die sie möglichst bald sprechen wollte. Die Notizen zu Annas Kollegen und weiteren Freundinnen und Freunden musste sie unbedingt sortieren. Es galt, das herauszufiltern, was ihrer Meinung nach hilfreich und verfolgenswert war. Sonst würde sie allzu schnell den Überblick verlieren.

Sie holte sich das Telefon auf die Terrasse und wählte die Nummer von Familie Schenck. Es antwortete der Anrufbeantworter. Gleiches passierte ihr, als sie es bei Leonora Müller probierte.

„Das ist der eindeutige Vorteil, wenn man als Aushilfskraft eingestellt wurde. Man kann sich seine Zeit einteilen und diesen wunderbaren Sommer genießen", dachte sich Charlotte. Sie ging ins Haus, räumte dort etwas auf, warf die Wäsche in die Waschmaschine, klemmte sich die Hochzeitskataloge unter den Arm und entschloss sich spontan, mit diesem schweren Gepäck im Fahrradkorb zu ihrer Mutter zu fahren. Die Nummer von Familie Schenck würde sie am späten Nachmittag erneut wählen.

Glücklich und zufrieden radelte sie nach einem leckeren Stück Kuchen und viel Tratsch und Klatsch und guten Tipps für ihre Hochzeit nach Hause zurück. Gemeinsam mit ihrer Mutter und ihrer Schwester Jule, die zufällig auch dort war, hatte sie die Tischdekoration ausgewählt. Etwas ganz besonders Wichtiges für einen so großen Tag, wie ihre Mutter immer wieder mit absoluter Überzeugung betonte. Um ihre Schwiegermutter nicht zu vernachlässigen, vielmehr: nicht zu brüskieren, ja, das war das passende Wort für Elfriede von Laurenbach, rief Charlotte sie kurzerhand an und lud sie zum Abendessen ein, um mit ihr die Gästeliste und die Sitzordnung zu besprechen. Elfriede zeigte sich begeistert. Und da Charlotte gerade beim Telefonieren war, wählte sie die Nummer von Familie Schenck gleich hinterher.

„Sabine Schenck. Hallo?" Eine freundliche Frauenstimme drang an Charlottes Ohr.

Jetzt musste sie sich gut konzentrieren, damit sie ihr Ziel auch erreichte. Die heute angetroffene Skepsis und Ablehnung von Johannes Klockmann gegenüber einer Detektei hatte sie trotz des Hochzeitstrubels nicht vergessen.

„Hallo. Mein Name ist Charlotte Kemburg. Frau Elisabeth Klockmann, die Schwiegermutter Ihrer Schwägerin Anna Klockmann, hat mich beauftragt, dem Verschwinden von Anna nachzugehen. Ich arbeite für die Detektei Phönix."

Schweigen am anderen Ende der Leitung. Also sprach

Charlotte weiter. „Wenn es möglich wäre, würde ich mich gerne einmal mit Ihnen und Ihrem Mann unterhalten. Der Familie Klockmann liegt sehr viel daran, dass Anna zu ihnen zurückkommt."

Immer noch Schweigen am anderen Ende.

„Hätten Sie eventuell morgen Nachmittag Zeit für mich? Ich könnte gegen 17 Uhr bei Ihnen sein. Ihre Telefonnummer und Adresse habe ich heute von Johannes Klockmann erhalten."

„Hören Sie, wir haben der Familie Klockmann und der Polizei bereits alles gesagt, was wir wissen. Was wollen Sie noch? Anna ist seit fast vier Monaten verschwunden. Wenn sie nicht gefunden werden will, dann soll es wohl so sein", antwortete Frau Schenck in einem nicht mehr ganz so höflichen Ton.

„Bitte haben Sie Verständnis dafür. Frau Klockmann möchte diese Situation so nicht akzeptieren und hat sich an unsere Detektei gewandt. Es wäre erst mal nur dieses eine Gespräch. Ich möchte Sie auch nicht allzu lange damit belästigen. Aber ich denke, es wäre auch im Sinne Ihres Mannes, wenn wir seine Schwester tatsächlich finden würden", sagte Charlotte und hoffte inständig, dass dieses Argument Frau Schenck überzeugen würde.

„Sie haben ja recht. Aber was können Sie nach vier Monaten herausfinden, was bisher noch niemand geschafft hat? Was soll's. Kommen Sie morgen um 17 Uhr zu uns. Ich werde meinem Mann Bescheid sagen. Wir werden uns dann gemeinsam unterhalten."

„Vielen Dank. Bis morgen."

„Ja, bis morgen."

Etwas entmutigt legte Charlotte den Hörer auf. Dieses Gespräch hinterließ einen merkwürdigen Nachgeschmack. Frau Klockmann hatte ihr doch erzählt, dass Anna häufig in Osnabrück bei ihrem Bruder sei. Das ließ eigentlich auf ein gutes Verhältnis zwischen Schwester, Bruder und Schwägerin schließen.

Charlotte griff zu ihrem Notizblock und schlug eine neue Seite auf. Was hatte sie an diesem Tag über Anna Klockmann erfahren? Sie hatte offensichtlich einen exklusiven und teuren Geschmack, wie an dem renovierten Bauernhaus und der Küchenausstattung leicht zu erkennen war. Anna wusste scheinbar genau, was sie wollte. Sie hatte viele Freunde, war zielstrebig und karrierebewusst. Sie sah sehr gut aus – zumindest auf dem Foto, das Charlotte beim Vorbeigehen in der Bauernhofküche entdeckt hatte und das sie und Johannes Klockmann eng umschlungen zeigte. Aber was für ein Mensch war sie? Was mochte sie? Was konnte sie nicht ausstehen? Welche negativen Eigenschaften hatte sie? Welche positiven? All diese Fragen schrieb Charlotte auf. Sie hoffte, ihr morgiger Besuch bei Ehepaar Schenck würde einige Antworten liefern.

Kapitel 8

Pünktlich um 17 Uhr stand Charlotte am nächsten Tag vor einem modernen Wohnhaus in einem Stadtteil Osnabrücks, der zu den teureren gehörte, wie es die parkenden Autos verrieten, und drückte den Klingenknopf mit der Aufschrift „Schenck".

„Ja bitte?", ertönte Sabine Schencks Stimme aus der Gegensprechanlage.

„Hallo. Hier ist Charlotte Kemburg. Wir hatten gestern telefoniert."

Der Türsummer ging und sie trat ein. An der Wohnungstür erwartete sie ein Mann. Das musste Annas Bruder sein. Charlotte schätzte ihn auf Ende dreißig, und obwohl er etwas übergewichtig wirkte, sah er sehr attraktiv aus. Die schwarzen Haare wurden an den Schläfen grau. Er trug eine randlose Brille und war wohl gerade erst von der Arbeit wigekommen, denn er trug noch Anzug und Krawatte.

Seine Begrüßung fiel herzlich aus, was ganz im Gegensatz zum gestrigen Telefongespräch mit seiner Frau stand. Er ging voraus und führte sie in ein großes Wohnzimmer. Die Wohnung strahlte alles andere als eine gemütliche Atmosphäre aus, fand Charlotte. An den durchweg weißen Wänden im Flur und im Wohnzimmer hingen riesige farbintensive moderne Bilder, die in Anbetracht der teuren Einrichtung sehr wahrscheinlich ein Vermögen gekostet hatten. Sie aber fand sie alles andere als schön.

Im Wohnzimmer wurde sie von einer Frau begrüßt, ebenfalls Ende dreißig, die sich als Sabine Schenck vorstellte. Charlotte nahm in einem großen Ledersessel Platz, das Ehepaar setzte sich ihr gegenüber auf das Sofa. Frau Schenck schenkte ihnen Kaffee ein. Nach dem gestrigen

Gespräch hatte Charlotte sie sich ganz anders vorgestellt. Sabine Schenck war eine sehr sportliche, fast drahtige Person, sie hatte kurze blonde Haare und trug ein graues Kostüm. Ihre ganze Körperhaltung und ihr Gesichtsausdruck wirkten irgendwie niedergeschlagen, verbittert, einsam.

Wie sich herausstellte, hatten Sabine und Paul Schenck extra früher Feierabend gemacht, um sich Charlottes Fragen zu stellen. Sie bedankte sich für dieses Entgegenkommen. Sabine Schenck erzählte, dass sie als Bereichsleiterin in einer großen Bank immer die Gleitzeit nutzen konnte, um ihre Arbeitszeit nach eigenen Vorstellungen zu gestalten. Herr Schenck dagegen war selbstständig. Seine Firma produzierte spezielle Kunststoffteile, erklärte er Charlotte.

Nach etwas Smalltalk kam Charlotte auf das Thema Anna zu sprechen. Sie holte wieder ihren Notizblock hervor und fing an, den beiden ihre Fragen zu stellen. Zunächst ging es darum, den Abend des Verschwindens genau zu rekonstruieren. Herr Schenck berichtete, dass Anna – wie so häufig – sich selbst bei ihnen zum Essen eingeladen hatte. Die Abende sahen immer so aus, dass Anna ungefragt einkaufen ging und ihnen dreien ein leckeres Essen zauberte. Ihr rotes Auto parkte sie immer direkt an der Straße vor dem Haus. Anna hatte einen Schlüssel zu der Wohnung, für den Fall, wenn ihr Bruder und Ehefrau im Urlaub sein sollten. Es waren immer sehr gemütliche Abende. So auch an jenem Mittwoch. Sehr spät, erst gegen 23 Uhr, machte sich Anna auf den Heimweg. Eigentlich viel zu spät, da sie am nächsten Tag ja auch arbeiten musste. Danach hatten sie beide nichts mehr von ihr gehört.

„Wie würden Sie Anna beschreiben?", fragte Charlotte. „Was ist sie für ein Mensch?"

Sabine Schenck antwortete als Erste: „Anna ist eine absolut liebenswerte Person. Sie ist hilfsbereit und für andere

Menschen in ihrer Nähe da. Sie versprüht eine wundervolle Lebensenergie. Ständig ist sie unterwegs. Sie kann einfach nicht ruhig sitzen. Ehrlich gesagt, haben mein Mann und ich uns etwas darüber gewundert, dass sie einen Mann geheiratet hat, der einen Bauernhof besitzt. Anna mag Tiere eigentlich gar nicht. Aber als wir Johannes kennengelernt haben, verstanden wir, warum sie sich in ihn verliebt hat. Er gibt ihr die nötige Bodenhaftung und liest ihr jeden Wunsch von den Augen ab. Sollten sie jemals Kinder bekommen, wäre ihr Glück absolut perfekt."

Tränen traten Frau Schenck in die Augen.

„Also magst du deine Schwägerin doch", dachte Charlotte. Paul Schenck legte einen Arm um die Schultern seiner Frau, drückte sie und erzählte weiter.

„Anna ist immer für eine Überraschung gut. Sie waren sicher schon auf dem Hof, oder? Es ist ganz unglaublich, was meine Schwester aus dem alten Haus gemacht hat. Johannes liebt sie wirklich über alles. Schon als Kind hatte sie wahnsinnig viele Ideen. Und meinen Freunden hat sie jedes Mal von Neuem den Kopf verdreht. Haben Sie schon Fotos von ihr gesehen? Mit der Pubertät und dem Erwachsenwerden wurde sie immer attraktiver. Meine Schwester ist eine sehr lebenslustige Person. Und ich kann mir keinen einzigen Grund denken, warum sie verschwunden sein soll. Sie hat definitiv keine Feinde und selbstmordgefährdet ist sie schon gar nicht. Niemand in ihrer Umgebung könnte Interesse daran haben, dass sie verschwindet. Wir können uns einfach nicht erklären, was mit ihr passiert ist."

„Bitte entschuldigen Sie mich, Frau Kemburg." Sabine Schenck stand auf und reichte Charlotte die Hand. „Ich muss mich verabschieden. Ich habe noch einen weiteren Termin heute Abend. Auf Wiedersehen."

Sie verließ den Raum und Charlotte hörte kurze Zeit später

die Wohnungstür. Etwas verwundert über dieses kurze Zusammentreffen wandte sie sich wieder Herrn Schenck zu.

„Hat Anna eigentlich eine Nichte oder einen Neffen?", fragte Charlotte. Sie blickte in das Gesicht von Annas Bruder und sah einen vollkommen anderen Mann als den, der ihr gerade noch gegenübergesessen hatte. Er wirkte plötzlich niedergeschlagen, wie seine Frau, und sehr traurig.

„Nein, Anna hat keine Nichte und keinen Neffen. Meine Frau und ich, wir können zu unserem größten Bedauern leider keine Kinder bekommen. Glauben Sie mir: Wir haben alles versucht. Es war ein langer und schmerzhafter Leidensweg, bis wir uns mit unserem Schicksal abgefunden haben. Meine Frau stürzt sich jeden Tag wie eine Verrückte in ihre Arbeit, nur um den Schmerz zu betäuben. Es gibt Tage, da ist sie mir völlig fremd. Unsere Ehe wäre daran fast zerbrochen. Und Anna, Anna ist zu jeder Tages- und Nachtzeit für uns da gewesen. Als es mit Johannes ernst wurde und schließlich die Hochzeit vor der Tür stand, ist natürlich auch des Öfteren bei Anna das Thema Kinder zur Sprache gekommen."

Er blickte zu Boden, stützte sich auf seinen Knien ab und faltete die Hände.

„Sie erzählte uns dann immer, dass Johannes gerne bald Kinder mit ihr haben wollte. Und dass sie ihm immer antwortete, sie hätten doch noch so viel Zeit, viele, viele Kinder zu bekommen."

Er sprach diese Worte sehr heftig aus, es klang fast sarkastisch. Hörte Charlotte etwa Wut in seiner Stimme?

„Es wurde nicht über ein Kind gesprochen, sondern gleich über mehrere Kinder! Das war nicht einfach für meine Frau und mich." Er hob den Blick und schaute sie unverwandt an. „Wissen Sie, meine Frau ist schon seit Langem in psychiatrischer Behandlung. Und wie Sie sich denken können, trugen Annas Worte nicht zu ihrer Heilung bei. Manchmal hat Anna solche Phasen. An manchen Tagen weiß ich, dass sie solche Dinge ganz unbedarft und ohne groß zu überlegen erzählt. Sie sprudeln dann einfach aus ihr heraus. An anderen Tagen habe ich den Eindruck, dass sie solche Sätze ganz bewusst abschießt, um Menschen zu verletzen. Wissen Sie, was es heißt, mit einem Menschen zusammenzuleben, der manchmal meilenweit von einem entfernt ist, wie in einer anderen Welt? Unerreichbar? So ist es, wenn es meiner Frau sehr schlecht geht. Sie kann dann nicht zur Arbeit gehen, sondern liegt den ganzen Tag im Bett und weint um unser ungeborenes Kind. Anna kennt diese Phasen. Sie hält es aber nicht für nötig, darauf Rücksicht zu nehmen. Man mag es ihr kaum vorwerfen. Es ist halt ihre Art." Herr Schenck lächelte bitter.

Charlotte schaute verlegen auf ihren Notizblock. Dass sie so tiefe Einblicke in die Seelen dieser beiden Menschen bekäme, hätte sie nicht erwartet. Was Paul Schenck gerade über seine Schwester erzählt hatte, brachte ihr den Menschen Anna weit näher, als sie jemals gedacht hatte. Und wenn sie den ersten Teil ihres Gesprächs betrachtete, bei dem Frau Schenck noch anwesend war, rückte auch der so oft besuchte Bruder in ein ganz anderes Licht.

Charlotte räusperte sich und stellte eine Frage, die in eine ganz andere Richtung ging. „Frau Klockmann erzählte mir, dass Anna Sie und Ihre Frau vor ihrem Verschwinden sehr häufig besucht hat – auch nachdem das gemeinsame Zuhause fertig war. Fanden Sie das, wie soll ich sagen, normal?"

„Normal?" Herr Schenck lächelte sie an, dieses Mal ohne einen verbitterten Ausdruck in seinen Augen. „Normal war nichts bei Anna. Und glauben Sie mir, sie war seltener hier, als die Familie Klockmann dachte. Anna hat viele Freundinnen und Freunde. Wieso sollte sie immer nur ihren Bruder besuchen?"

„Entschuldigen Sie, Herr Schenck, aber wie soll ich das, was Sie gerade gesagt haben, deuten? Könnten Sie mir das bitte näher erläutern?"

„Frau Kemburg, Sie sind doch die Detektivin und Frau Klockmann hat Sie gemäß der Aussage meiner Frau engagiert. Das müssen Sie schon selbst herausfinden. Ich liebe meine Schwester, wie sie ist. Über ihr Leben kann ich nicht urteilen. Ich denke, unser Gespräch ist damit beendet. Ich begleite Sie noch zur Tür."

Charlotte schaute ihn skeptisch an, stand jedoch automatisch mit auf und folgte ihm zur Wohnungstür.

„Einen schönen Abend wünsche ich Ihnen. Auf Wiedersehen", sagte er, während er die Tür bereits öffnete.

„Auf Wiedersehen, Herr Schenck. Sollte Ihnen noch etwas einfallen, rufen Sie mich bitte an. Hier ist meine Telefonnummer."

Aus ihrem kleinen Notizblock, den sie immer noch in der Hand hatte, riss sie schnell eine Seite heraus und schrieb ihren Namen und die Mobilfunknummer auf. Sie drückte ihm den Zettel in die Hand und ging.

Während der Heimfahrt dachte sie an das Gespräch zurück und wurde das Gefühl nicht los, dass es sie noch einige Zeit beschäftigen würde. Das Verhalten von Herrn Schenck nach dem Aufbruch seiner Frau fand sie merkwürdig. Außerdem hatte er nicht ein einziges Mal gesagt, wie sehr er seine Schwester vermisste. Oder dass er sie unbedingt in seinem Leben zurückhaben wollte.

Die Ausführungen über die Depressionen seiner Frau hatten Charlotte tief bewegt. Es musste fürchterlich für ein Paar sein, wenn ein so intensiver Kinderwunsch unerfüllt blieb. Alexander und sie hatten auch schon oft über Kinder gesprochen. Für beide war es selbstverständlich, dass es bald Babygeschrei in der Villa Kunterbunt geben würde. Vielleicht kamen Frau Schenck gerade deswegen bei ihrer Aussage über Annas Kinder die Tränen und nicht, weil sie ihrer Schwägerin so nahestand und sie ihr fehlte.

Charlotte grübelte den ganzen Weg bis nach Hause. Zum Glück war Alexander für zwei Tage auf einer Geschäftsreise, sodass sie an diesem Abend ungestört ihren Gedanken nachgehen konnte. Sie machte sich ein Sandwich und verkroch sich ins Arbeitszimmer, um ihren Bericht zu schreiben.

Danach nahm sie sich einen kurzen Moment, um über den gestrigen und heutigen Tag nachzudenken, praktisch ihre ersten beiden Ermittlungstage. Aus einem Impuls heraus ging sie ins Badezimmer und stellte sich vor den Spiegel.

„Komm, Lotta, jetzt mal ganz ehrlich: Macht dir der Job Spaß?", fragte sie ihr Spiegelbild.

„Ja", antwortete es.

Sie musste grinsen. Ja, sie hatte tatsächlich Gefallen daran gefunden. Und nach Mord sah ihr erster Fall nun wirklich nicht aus. Betrachtete man die letzten Bemerkungen von Paul Schenck, ließe sich wohl eher die Schlussfolgerung ziehen, dass die lebenslustige Anna, aus welchen Gründen auch immer, bei einer ihrer Freundinnen oder einem Freund untergetaucht war. Auch die Möglichkeit eines Liebhabers musste Charlotte in Betracht ziehen.

O.k., vier Monate, ohne dem Ehemann ein Lebenszeichen zu senden, waren eine lange Zeit. Aber die Frau hatte offensichtlich viele Geheimnisse, die es zu ergründen gab.

Charlotte ging zurück in ihr Arbeitszimmer, setzte sich an den Schreibtisch und nahm ihren Notizblock zur Hand. Wie sah ihr weiterer Plan aus?

Als Nächstes musste sie unbedingt Annas beste Freundin anrufen und treffen. Und vielleicht würde ihr ja auch Johannes Klockmann Einblick in Annas private Sachen geben. Wenn sie einen Kalender oder ein Tagebuch geführt hätte, wäre dies ganz fantastisch. Nach zwei weiteren Stunden des Denkens und Planens legte sich Charlotte erschöpft ins Bett.

Kapitel 9

„Leonora Müller. Guten Morgen."

„Guten Morgen, Frau Müller. Mein Name ist Charlotte Kemburg. Ich arbeite für die Detektei Phönix. Haben Sie einen Augenblick Zeit für mich?"

„Oh, eine Detektivin!" Die Stimme am anderen Ende der Leitung klang fröhlich. „Dafür habe ich doch immer Zeit. Was kann ich für Sie tun?"

„Frau Müller, es geht um Ihre Freundin Anna. Frau Klockmanns Schwiegermutter hat uns damit beauftragt, mehr über das Verschwinden von Anna herauszufinden. Ich würde gerne mit Ihnen einen Termin vereinbaren, damit wir uns über Anna unterhalten können. Wann würde es Ihnen am besten passen?"

„Ja, die Anna! Ist immer für eine Überraschung gut. Ich habe mich auch schon gefragt, wie lange sie es auf diesem Bauernhof aushält. Wenn sie sich bei mir meldet, wird sie von mir etwas zu hören bekommen. Darauf können Sie Gift nehmen. Taucht einfach unter, ohne mir etwas zu sagen. Mich interessiert brennend, wo die liebe Anna sich versteckt hat, also bin ich gerne zu einem Gespräch mit Ihnen bereit. Sie haben übrigens großes Glück. Ich habe gerade Urlaub und fliege morgen für drei Wochen nach Mexiko. Da ich schon gepackt habe, können wir uns am besten heute Nachmittag treffen. Wie wäre es um 15 Uhr im Marktcafé hier in Münster?"

„Ja, sehr gerne. Ich freue mich auf unser Gespräch. Bis später."

Charlotte war zuversichtlich, denn Leonora Müller hatte einen wirklich positiven Eindruck bei ihr hinterlassen. Sie war an diesem Morgen extra früh aufgestanden, um sie zu erreichen. Dass es so ein kurzes und erfolgreiches Telefonat werden würde, damit hatte sie gar nicht gerechnet. Beschwingt packte sie ihre Handtasche mit ihren ständigen Begleitern Notizblock und Kuli und stieg in ihren Wagen. Bevor sie sich mit Frau Müller traf, wollte sie noch bei Annas Arbeitgeber vorbeischauen. So konnte sie zwei Fliegen mit einer Klappe schlagen.

Die Münsteraner Niederlassung des Konzerns, bei dem Anna arbeitete, befand sich in der alten Speicherstadt. Charlotte war während ihres Studiums schon häufiger dort gewesen, unter anderem für ein freiwilliges Praktikum. Ihr gefiel die ganze Anlage sehr. Die alten Speicherhäuser waren liebevoll restauriert worden und strahlten eine ganz besondere Atmosphäre aus. Das Innere der Gebäude bestand allerdings aus hochmodernen Büroetagen. Hier hatten sich verschiedenste Unternehmen angesiedelt. Dennoch fand Charlotte problemlos das Firmenschild des gesuchten Konzerns an einem der hoch aufragenden Häuser und begab sich in die dritte Etage.

Eine junge Frau saß am Empfang und sah sie freundlich an. Nachdem Charlotte ihr Anliegen vorgetragen hatte, führte sie die Frau in ein Großraumbüro, in dem auch Anna gearbeitet hatte, wie sie ihr berichtete. Jetzt waren jedoch alle Plätze besetzt. Man hatte also schon für Ersatz gesorgt. Charlotte versetzte diese Tatsache einen kleinen Stich. Je mehr sie sich mit diesem Fall beschäftigte, desto näher fühlte sie sich Anna. Und nach allem, was sie bisher herausgefunden hatte, war sie sich sicher, dass Anna wieder auftauchen würde. Aber wahrscheinlich musste der Arbeitgeber den Ausfall kompensieren.

Die junge Frau stellte sie einem gut aussehenden Herrn vor und verließ die beiden.

„Nennen Sie mich bitte Stefan", begrüßte er sie.

„Gut, Stefan, ich bin Charlotte. Wie du gehört hast, versuche ich, etwas über das Verschwinden eurer Kollegin Anna Klockmann zu erfahren. Was kannst du mir dazu sagen?"

„Ja, die Anna. Sie hatte schon immer etwas für dramatische Inszenierungen über. Als Kollege kann ich sagen, dass Anna sehr zielstrebig und ehrgeizig ist. Sie war bislang morgens immer die Erste, die anfing zu arbeiten, und verließ meist als Letzte das Büro. Nebenbei hat sie sämtliche Weiterbildungsangebote, die die Firma uns macht, wahrgenommen. Diese Frau hat eine unglaubliche Energie."

Er lächelte.

„Stefan, Familie Klockmann sagte mir, dass Anna oft mit euch noch nach der Arbeit in eine Kneipe gegangen ist und dort den Arbeitstag hat ausklingen lassen. Ist das richtig?"

„Ja, absolut. Obwohl sie uns Kollegen nach Feierabend nicht gebraucht hätte, um Unterhaltung zu haben. Anna ist sehr kontaktfreudig und mit ihrem guten Aussehen zieht sie die Männer nur so an. Ehrlich gesagt, hatte ich auch schon mal versucht, bei ihr zu landen. Aber sie hat mich abblitzen lassen. Zu der Zeit lief wohl etwas mit einem anderen Mann. Ich habe es später nie wieder versucht. Unser Verhältnis blieb ganz kollegial. Als dann Johannes auf der Bildfläche erschien, haben wir uns alle gefragt, warum sie sich so einen ausgesucht hat. Sie sagte immer, dass sie ihn lieben würde und er ihr die nötige Stabilität im Leben gäbe. Außerdem hat er Geld, wie du vielleicht auch schon feststellen konntest. Der Hof ist doch wirklich riesig. Nach dem Umbau hat sie uns alle mal zum Kaffee eingeladen, sodass wir ihr neues Zuhause bewundern konnten."

„Diese Geschichte mit dem anderen Mann fand offensichtlich vor Johannes' Zeit statt. Kannst du dich daran erinnern, wann das war?"

„Das muss so vor vier Jahren gewesen sein. Ich hatte

gerade neu hier angefangen und fand Anna einfach sehr attraktiv. Also habe ich es bei ihr versucht."

„Hattest du den Eindruck, dass es etwas Ernstes mit dem anderen Mann war? Hat sie dir noch mehr darüber erzählt?"

„Nein, sie hatte ihn wohl gerade erst kennengelernt, wie sie mir sagte. Sie schien sehr glücklich. Diese Beziehung muss auch sehr lange gehalten haben – praktisch bis sie Johannes traf."

„Weißt du, wie dieser Mann hieß? Hast du ihn vielleicht mal gesehen?"

„Nein, soweit ich mich erinnern kann, hat sie seinen Namen nie erwähnt. Und gesehen habe ich ihn auch nie."

Charlotte notierte sich alles und blickte sich in dem Büro um.

„Wie ich sehe, sind alle Schreibtische belegt. Wurde bereits jemand anderes für Anna eingestellt?"

„Die Auftragslage ist aktuell so gut, dass wir auf niemanden verzichten können. Und da Anna sich nicht gemeldet hat, musste die Firma handeln."

„Gibt es irgendwelche privaten Sachen von Anna, die noch hier sind. Notizbücher, Kalender oder Ähnliches?"

„Als Annas Arbeitsplatz an die neue Kollegin übergeben wurde, ist nichts Besonderes aufgefallen. Alles, was wir gefunden haben, hatte mit der Arbeit zu tun. Bis auf ein Handy. Ja, genau. Annas Privathandy. Wir haben uns darüber gewundert, dass sie es hier in der Schublade hat liegen lassen und nicht in ihrer Handtasche bei sich trug."

Charlotte spürte ein Kribbeln in ihrer Magengegend.

„Annas Privathandy? Das wurde sicherlich schon ihrem Ehemann übergeben, oder?"

Sie versuchte, ruhig und professionell zu wirken.

„Nein, es ist noch hier. Johannes hat sich nie für Annas Arbeit interessiert. Und irgendwie rechnen wir Kollegen insgeheim damit, dass sie bald zurückkehren wird. Daher haben wir es die ganze Zeit zum Aufladen angeschlossen. Der Akku war noch nicht leer, als wir es gefunden haben. Und das Ladekabel lag auch in ihrer Schublade. Zwischendurch hat es mal geklingelt. Aber es hat natürlich keiner von uns abgenommen. Einen Augenblick bitte, ich bin gleich wieder bei dir."

Stefan verließ das Büro und Charlotte hatte Gelegenheit, sich neugierig umzusehen. Alle waren beschäftigt und telefonierten oder tippten etwas in den Computer ein. Wenn sie sich Annas Kollegen so anschaute, konnte sie sich vorstellen, dass sie auch in ihrer Freizeit viel Spaß miteinander hatten. Es war ein junges Team, sie mussten alle so in Annas Alter sein. Kurze Zeit später kam Stefan zurück und hatte ein Handy in der Hand. Charlotte konnte es kaum glauben.

„Das ist wirklich total untergegangen. Vielleicht kannst du ja etwas damit anfangen. Sollte es tatsächlich helfen, Anna zu finden, würde ich mich sehr darüber freuen. Wenn du bitte hier auf diesem Zettel kurz per Unterschrift bestätigst, dass du Handy und Ladekabel mitgenommen hast, wäre so weit alles geklärt. Das Beste ist wohl, wenn es anschließend an Johannes übergeben werden würde."

„Vielen Dank, Stefan. Das ist wirklich eine große Hilfe. Ich lasse dir auch noch meine Telefonnummer da. Falls dir und deinen Kollegen noch etwas einfällt, kannst du dich jederzeit melden."

„Klar, das mache ich. Viel Erfolg bei deiner Arbeit. Bring uns die Anna wieder. Sie ist eine tolle Frau und Kollegin und wir vermissen sie."

Charlotte konnte es kaum glauben: Ihr erster Fall als Detektivin und schon hielt sie ein so wichtiges Beweisstück in ihren Händen. Wieso nur hatte Anna ihr Privathandy am

Arbeitsplatz gelassen? Das erschien Charlotte ebenso seltsam, wie Annas Kollegen dies empfanden. Zu Hause würde sie es auf jeden Fall direkt wieder zum Aufladen anschließen. Und sie nahm sich vor, es von der Ladung zu nehmen und in ihre Tasche zu stecken, wann immer sie das Haus verlassen würde. Vielleicht klingelte es ja noch mal.

Und wer war wohl der Mann vor Johannes? Ob sie ihn jemals finden würde?

Sie blickte auf die Uhr und musste erschrocken feststellen, dass das Gespräch mit Stefan doch länger gedauert hatte als gedacht. Sie beschleunigte ihre Schritte, stieg ins Auto und fuhr in Richtung Innenstadt, gespannt, was Leonora Müller ihr heute noch berichten würde.

Kapitel 10

Charlotte traf pünktlich im Marktcafé ein und fragte die Kellnerin, wie mit Frau Müller vereinbart, ob sie schon erwartet würde. Prompt wurde sie an einen kleinen Tisch unter einem großen Sonnenschirm geführt. Dort saß eine junge, sportliche Frau mit lockigen braunen Haaren, die zu einem Zopf zusammengebunden waren. Sie hatte Sommersprossen und schaute Charlotte neugierig an.

„Hallo! Sie sind also Frau Kemburg?"

„Ja, genau. Hallo, freut mich, Sie kennenzulernen. Ich habe Ihre Telefonnummer von Annas Mann bekommen und der sagte mir, dass Sie Annas beste Freundin sind."

„Ja, das ist richtig. Wir kennen uns schon seit vielen Jahren."

Sie bestellten beide eine große Apfelschorle und machten es sich im Schatten des Sonnenschirms gemütlich. Charlotte holte Notizblock und Kuli aus ihrer Tasche.

„Frau Müller, ich frage zunächst ganz allgemein: Wie sieht Ihre Freundschaft mit Anna aus?"

„Anna ist eine tolle Freundin. Wie gesagt, wir kennen uns schon sehr lange und wir vertrauen uns wirklich alles an. Wissen Sie, als ich in einer schweren Krise steckte – ich ließ mich gerade von meinem Ehemann scheiden –, war Anna für mich da. Sie ist immer für mich da und ich für sie. Schon in unserer Jugendzeit hatten wir viel Spaß zusammen. Wir verdrehten jedem Jungen den Kopf und trieben unsere Spielchen mit ihnen. Schon damals waren wir unzertrennlich. Und so ist es bis heute geblieben. Wir respektieren uns und akzeptieren die Entscheidungen, die jede für sich in ihrem Leben trifft. Auch wenn Letzteres nicht immer einfach ist."

„Wie darf ich das verstehen?"

„Nun, Anna ist, wie soll ich sagen, lebenshungrig und kann häufig nie genug bekommen. Wissen Sie, Johannes, ihr Ehemann, ist ein lieber, ehrlicher und treuer Mann. Manchmal wundere ich mich über Annas Entscheidung, ihn geheiratet zu haben. Aber sie sagt immer, dass er ihre große Liebe ist. Und ich glaube ihr. Sie hat mir allerdings noch vor ihrer Hochzeit anvertraut, dass es da noch einen anderen Mann gibt, den sie regelmäßig trifft. Bevor Sie fragen: Seinen Namen kenne ich nicht. Diese Beziehung scheint für Anna eine Obsession zu sein. Rein sexuell, wie sie mir immer wieder gesagt hat. Mehr kann ich Ihnen dazu leider nicht sagen."

„Wissen Sie, wann und wo sie diesen Mann kennengelernt hat?"

„Puh, das ist schon einige Jahre her. Vielleicht vier? Ja, das könnte hinkommen. Getroffen haben sie sich in einer Bar hier in Münster. Das hat sie mir erzählt."

Bingo, dachte Charlotte, das musste der Mann sein, von dem auch Annas Arbeitskollege Stefan erzählt hatte. Schade nur, dass Frau Müller nicht mehr darüber wusste.

„Frau Müller, haben Sie als Annas beste Freundin vielleicht eine Vermutung, wo sie jetzt sein könnte?"

„Nein, überhaupt keine. Und das macht mir ehrlich gesagt Bauchschmerzen. Sie hat mir immer erzählt, wenn sie irgendwelche größeren Urlaube oder Ähnliches machen wollte. Es passt gar nicht zu ihr, einfach so für Monate vom Erdboden zu verschwinden, ohne mir etwas zu sagen. Ich mache mir ehrlich Sorgen um sie. Jeden Tag, wenn ich von der Arbeit komme, renne ich erst mal zu meinem Telefon und überprüfe den Anrufbeantworter. Aber bisher habe ich noch keine Nachricht von ihr erhalten."

„Denken Sie, dass Anna etwas zugestoßen sein könnte?"

„Ich weiß es nicht. Ich hoffe von ganzem Herzen, dass es ihr gut geht."

Charlotte bemerkte, dass Frau Müller bei dieser Bemerkung ihrem Blick auswich und auf ihre Hände starrte. Irgendetwas war da.

„Können Sie sich Gründe vorstellen, die Anna dazu zwingen unterzutauchen?"

„Nein, nein. Eigentlich nicht."

Leonora Müller starrte immer noch auf ihre Hände. Charlotte musste ganz vorsichtig vorgehen, das spürte sie.

„Hat Anna eventuell Feinde, vor denen sie sich versteckt, oder wurde bei ihr vielleicht eine Krankheit festgestellt und sie hat sich daraufhin erst mal von ihrer Familie und ihren Freunden zurückgezogen?"

Nichts, was Charlotte bisher gehört hatte, ließ auf diese beiden Ursachen für Annas Verschwinden schließen. Trotzdem musste sie gerade Leonora Müller, Annas Vertrauter, diese Fragen stellen.

„Nein, Anna hat keine Feinde. Ganz sicher nicht. Und krank ist sie auch nicht. Das hätte sie mir gesagt."

Charlotte legte eine Hand auf die ineinander verkrampften Hände von Leonora Müller. Diese blickte endlich auf. In ihren Augen lag ein verdächtiger Glanz. Charlotte sprach ganz leise weiter.

„Was war es dann? Bitte sagen Sie mir, was Sie wissen. Ich möchte nur helfen."

Nun liefen Tränen über Leonora Müllers Gesicht.

„Anna war schwanger."

Kapitel 11

Erst einige Stunden später kam Charlotte wieder nach Hause. Das Gespräch mit Leonora Müller hatte den ganzen Nachmittag gedauert und es hatte sie, dass musste sie sich eingestehen, ziemlich mitgenommen. Um einen klaren Kopf zu bekommen und in Ruhe über alle Dinge noch mal nachzudenken, schmiss sie sich in ihren Jogginganzug und lief los.

Ihr Eindruck war, dass Frau Müller ihr wirklich alles über Anna erzählt hatte. Nur an wenigen Punkten musste Charlotte mit einer Frage nachhaken. Sie hatte deutlich gespürt, wie viel der jungen Frau an ihrer Freundin lag und wie groß ihr Bedürfnis war, bei der Suche nach Anna zu helfen. Charlotte hatte sich seitenweise Notizen gemacht. Dennoch versuchte sie, die aktuellen Fakten jetzt erst mal gedanklich zu wiederholen.

Anna war also schwanger gewesen. Über diese Formulierung sowie über Frau Müllers Tränen bei diesem Bekenntnis hatte sie sich zunächst gewundert. Wieso hatte sie darüber in Vergangenheit gesprochen, wieso „war schwanger"? Mit der Erklärung, die dann folgte, hatte Charlotte nicht gerechnet. Leonora Müller unterstrich erneut, dass Anna in ihrer Ehe mit Johannes wirklich glücklich war. Vor circa fünf Monaten hatte Anna ihr berichtet, dass sie in der neunten Woche schwanger sei. Sie hatte sich riesig für Anna gefreut und war ihr um den Hals gefallen. Anna jedoch blieb ganz kühl und wehrte die Umarmung ab. Das Kind passe aktuell nicht in ihre Lebensplanung, erzählte sie. Sie sei einfach noch nicht so weit. Was sollte aus ihren beruflichen Zielen werden? Außerdem wollte sie finanziell immer unabhängig bleiben. Und das sei mit einem Kind auf einem Bauernhof nur schwer möglich. Sie wollte kein Kind, jetzt noch nicht.

Leonora Müller hatte zuerst nicht verstanden, was ihre Freundin da erzählte. Es war doch alles perfekt: Anna liebte ihren Mann, hatte ein wunderbares Zuhause. Was war nur los? Aber die Freundin wollte nicht weiter darüber sprechen. Auf ihre jahrelange Freundschaft pochend, hatte Leonora Anna gefragt, ob Johannes der Vater des Kindes sei oder ob, wie sie zu Johannes' Leidwesen immer noch vermutete, Anna die Beziehung zu ihrem Liebhaber weiterhin aufrechterhielt und das Kind von diesem Mann sei. Ohne zu zögern, hatte Anna ihr gesagt, dass sie das nichts anginge. Nach dieser Aussage war ihr die Freundin plötzlich ganz fremd vorgekommen. Irgendwie unnahbar.

Anna teilte ihr lediglich mit, dass sie die notwendige Beratungsbescheinigung bereits habe und in einer Klinik ein Termin zur Abtreibung arrangiert sei. Sie bräuchte nun ihre beste Freundin, die sie dorthin fahren, vor Ort begleiten und anschließend wieder nach Hause bringen würde. Das alles würde sie gegenüber Johannes, ihren Schwiegereltern und ihrem Bruder als ein verlängertes Wellness-Wochenende mit ihrer besten Freundin erklären. Sie hatte alles genau geplant.

Für Leonora Müller brach eine Welt zusammen. So hatte sie ihre Freundin noch nie erlebt. Eiskalt und vollkommen sicher, dass sie dabei mitspielen würde, gab sie ihr die genauen Daten. Der Termin sollte zwei Wochen später sein. Würde sie ihre Unterstützung versagen, hätte Anna auch schon eine andere Alternative geplant. Aber was blieb ihr anderes übrig? Anna war ihre beste Freundin. Sie spürte, dass Anna mit dem Kind schon abgeschlossen hatte, und wusste, dass sie die Freundin nicht mehr umstimmen konnte. Schweren Herzens hatte sie zugesagt.

Das Wochenende war fürchterlich – für sie beide. Auf dem Heimweg schwiegen sie sich an. Seitdem hatte Leonora Müller nichts mehr von Anna gehört. Sie wollte auch erst mal eine kleine Pause in ihrer Freundschaft einlegen. In ihren Augen war das einfach notwendig. Das Ganze belastete sie emotional sehr.

Als kurz darauf der Anruf von Johannes kam, der ihr erklärte, dass Anna nach einem Besuch bei ihrem Bruder nicht nach Hause gekommen sei, hatte sie gewusst, dass etwas nicht stimmte. Und Anna hatte sich bis heute bei niemandem gemeldet. Frau Müller machte sich wirklich große Sorgen.

An diesem Punkt hatte Charlotte gefragt, ob Anna eventuell noch jemanden über die Schwangerschaft und die Abtreibung informiert hatte. Leonora Müller war sich ganz sicher, dass das nicht der Fall gewesen war. Wem hätte sie es denn auch erzählen können? Charlotte musste sich eingestehen, dass Frau Müller mit dieser Frage absolut richtig lag. Dem frisch angetrauten Ehemann konnte man so eine Entscheidung wohl kaum verständlich machen, zumal er auch schon einen Kinderwunsch geäußert hatte. Ebenso wenig würden die Eltern und Schwiegereltern Verständnis zeigen.

Und Charlotte spürte auch jetzt beim Joggen noch tief in ihrem Inneren, dass sie Annas Entscheidung, vor allem mit der gelieferten Begründung, nicht nachvollziehen konnte. Ja, sie wollte Anna an dieser Stelle nicht verstehen. Schon auf der Rückfahrt von dem Treffen mit Leonora Müller hatte sie sich durchgehend ermahnen müssen, Anna nicht zu verurteilen. Sie wurde schließlich nicht engagiert, um die Entscheidung eines anderen Menschen zu beurteilen, sondern um eine verschwundene Person ausfindig zu machen. Das musste sie sich immer wieder deutlich vor Augen führen.

Die Zusammenfassung dieses Gesprächs lautete also: Anna war schwanger, hatte das Kind abtreiben lassen. Nur ihre beste Freundin Leonora Müller wusste davon und hatte sie begleitet. Das alles hatte zeitlich knapp vor Annas Verschwinden stattgefunden. Außerdem hatte Anna die Beziehung zu ihrem Liebhaber offensichtlich bis zu ihrer Schwangerschaft weitergeführt.

Charlotte lief der Schweiß in die Augen. Sie war vollkommen aus der Puste. Die ganze Geschichte hatte sie so aufgewühlt, dass sie ein viel zu hohes Tempo gelaufen war. Erschöpft sprang sie zu Hause unter die Dusche, schob sich eine Pizza in den Ofen und zog sich mit dem Essen in ihr Arbeitszimmer zurück. Schnell war der Bericht für Herrn Räsner anhand ihrer Aufzeichnungen geschrieben.

Sie hörte, wie Alexander nach Hause kam und sich unten in der Küche auch etwas zu essen machte. Schnell lief sie die Treppe hinunter und begrüßte ihn mit einem Kuss, merkte aber, dass er gedanklich noch bei den Themen seiner Geschäftsreise war. Es verwunderte sie deshalb nicht, dass er seine Aktentasche schnappte und sich wortkarg auf der Terrasse in der kaum abgekühlten Abendluft niederließ. Charlotte nutzte die Gelegenheit und entschwand wieder in ihr Arbeitszimmer. Sie hatte nun ausreichend Zeit zum Nachdenken. Was war der nächste Schritt? Und wo war Anna? Ihre bisherigen Gespräche hatten sie dieser Frage in keiner Weise nähergebracht.

Sie würde morgen den Bericht direkt bei Herrn Räsner abgeben und den Fall mit ihm besprechen. Irgendwie fühlte sie sich so, als wäre sie in einer Sackgasse gelandet. Anna schien nirgendwo zu finden zu sein. Charlotte kramte in ihrer Tasche, zog Annas Handy heraus und schloss es wieder an das Ladekabel an. Was sollte sie nur damit machen? Auch das würde sie mit Herrn Räsner besprechen.

Morgen. Morgen klang gut. Müde fiel sie an diesem Abend ins Bett. Sie wurde nur kurz wach, als Alexander zu Bett ging und ihr einen Kuss auf die Wange gab.

Kapitel 12

„Phönix Detektive, Strasser am Apparat. Wie kann ich Ihnen behilflich sein?"

Die melodische Stimme von Frau Strasser drang an Charlottes Ohr. Obwohl es erst halb neun morgens war, war Frau Strasser höflich und korrekt wie immer.

„Hallo, Frau Strasser. Hier ist Charlotte Kemburg. Ich würde gerne einen Termin für heute Vormittag mit Herrn Räsner vereinbaren."

„Oh, das tut mir leid, Herr Räsner ist erst ab 14 Uhr im Büro und hat auch schon relativ viele Termine für heute. So kurzfristig ist es immer schwierig. Bitte warten Sie. Ich schaue mal in seinen Terminkalender."

„Ja, vielen Dank. Es gibt nämlich einige neue Entwicklungen in dem Fall, den ich bearbeite."

Kurz darauf meldete sich Frau Strasser wieder.

„Von 15.30 Uhr bis 16.30 Uhr könnte ich Ihnen anbieten."

„Den Termin nehme ich. Danke! Bis heute Nachmittag."

Charlotte legte auf und kaute auf der Unterlippe. Puh, jetzt hatte sie wirklich viel Zeit. Ihre Gedanken und Berichte zum Fall Anna hatte sie alle sortiert. Egal, wie sie es drehte und wendete: Sie kam nicht weiter. Was sollte sie also den Vormittag lang machen? Elfriede und die Hochzeitsplanung fielen ihr ein. Das war doch eine gute Idee! Schnell war telefonisch abgesprochen, dass sie sich zum Brunch in Elfriedes Lieblingscafé in Münster treffen würden.

Mit ihren Notizen und dem aktuellen Bericht in der Tasche machte sich Charlotte auf den Weg. Elfriede war so begeistert von der spontanen Zusammenkunft, dass sie gar nicht auf den Gedanken kam, Charlotte nach den neuen Studienplänen zu fragen.

Die beiden hatten viel Spaß, viel zu viel gegessen und ein klein wenig Sekt getrunken. Kurz nach 13 Uhr verabschiedeten sie sich voneinander – die Köpfe voll mit weiteren Ideen und Plänen für die Hochzeit. Charlotte beschloss, die Zeit bis zu ihrem Termin mit einem Bummel durch Münsters Einkaufsstraßen zu nutzen. Das sorgte auch für etwas Bewegung. Sie hatte zwar keine große Lust, bei der Hitze Kleidung anzuprobieren, fand aber trotzdem noch einen schönen Rock und eine hübsche Bluse. Nachdem sie ihre Einkäufe im Auto verstaut hatte, machte sie sich auf den Weg zur Detektei.

Frau Strasser empfing sie mit einem Lächeln. „Bitte kommen Sie mit, Frau Kemburg."
Charlotte folgte ihr zu Herrn Räsners Büro. Er stand am Fenster und schaute auf die Straße. Etwas schien ihn zu beschäftigen. Nichtsdestotrotz konzentrierte sich seine Aufmerksamkeit direkt auf Charlotte, als er sie sah.
„Hallo, Frau Kemburg." Er drückte ihr fest die Hand. „Bitte, nehmen wir doch hier Platz."
Sie setzten sich in zwei gemütliche Ledersessel. Auf dem kleinen Tisch zwischen ihnen standen Kaffee und Kaltgetränke bereit. Charlotte holte ihr Notizbuch und den Bericht aus der Tasche.
„Wie geht es Ihnen? Und vor allen Dingen: Wie läuft es mit unserem Fall?"
„Sehr gut. Vielen Dank. Und der Fall Anna …"
„Oh, Sie haben ihm schon einen Namen gegeben?" Herr Räsner schmunzelte. Charlotte rutschte etwas verlegen im Sessel hin und her.
„Ja, ähm. Also um ehrlich zu sein: Der Fall gibt mir Rätsel auf."
„Bitte berichten Sie."

Er machte eine auffordernde Handbewegung. Charlotte übergab ihm den neusten Bericht und legte los.

Obwohl Herr Räsner durch ihre Mails schon vorinformiert war, fing sie ganz von vorne an, bei ihrem ersten Besuch auf dem Bauernhof der Familie Klockmann. Sie berichtete vom Gespräch mit der vollkommen niedergeschlagenen und verzweifelten Frau Klockmann, Sohn Johannes und dem schweigsamen Vater. Weiter ging es mit ihrer Fahrt nach Osnabrück zu Annas Bruder Paul Schenck und seiner Frau Sabine. Ihre Eindrücke dieser seltsamen Atmosphäre und der großen Traurigkeit im Hause Schenck schilderte sie detailliert.

Herr Räsner stellte zwischendurch so zielgerichtete Fragen, dass selbst Charlotte überrascht war, was für neue Denkanstöße daraus für sie resultierten.

Es folgten das Treffen mit Annas Kollegen in der Speicherstadt und die Übergabe des Handys, das Charlotte aus ihrer Tasche zog und auf den kleinen Kaffeetisch legte.

Herr Räsner zog überrascht die Augenbrauen hoch.

„Haben Sie jemandem erzählt, dass Sie im Besitz von Annas Handy sind?"

„Nein, das habe ich nicht. Es ist außerdem mit einem Pin geschützt."

Herr Räsner lächelte.

„Na, dann stecken Sie es erst mal wieder ein. Ich habe hier leider keinen Experten, der das knacken kann. Fahren Sie bitte fort."

Den Hinweis von Annas Kollegen Stefan, dass es einen Liebhaber gegeben hatte beziehungsweise vermutlich noch gab, hatte Charlotte auch nicht vergessen. Zuletzt erzählte sie von dem Treffen mit Leonora Müller und deren Bericht von Annas Abtreibung.

Herr Räsner atmete scharf aus.

„Das nenne ich einen genauen und – zugegebenermaßen – überraschenden Status-quo-Bericht. Und all diese Gespräche scheinen tatsächlich keinen Hinweis auf Frau Klockmanns Aufenthaltsort zu geben. Das gefällt mir nicht."
Charlotte schaute ihn fragend an.

„Aus meiner beruflichen Erfahrung heraus kann ich Ihnen sagen, dass in den meisten solcher Fälle relativ schnell deutlich wird, a) warum die Person untergetaucht ist und b) ob sie gefunden werden möchte. Aber dieser Fall scheint sich vollkommen anders zu entwickeln."
Herr Räsner stützte die Ellenbogen auf die Sessellehnen und legte die Fingerspitzen aneinander.

„Bis auf Annas Freundin Leonora Müller weiß tatsächlich niemand etwas von der Abtreibung?"

„So waren ihre Worte."

„Sicher ist, dass Frau Klockmann sich mit ihrem Lebensstil nicht nur Freunde macht. Liebhaber, ein Handy, Abtreibung. Und Sie haben wirklich den Eindruck, dass Anna eine glückliche Ehe führt?"

„Ja, so wirkt es. Alle Personen, mit denen ich gesprochen habe, haben das auch beteuert."

„Mmh." Herr Räsner blickte nachdenklich über seine Fingerspitzen hinweg auf den Tisch. „Da stimmt doch etwas nicht."

Dann folgte nachdenkliches Schweigen.

Das nutzte Charlotte, um ihre weiteren Pläne zu erläutern. Den Hof Klockmann wollte sie noch mehrfach besuchen. Eventuell würden sich dann die Möglichkeiten ergeben, Johannes, seine Mutter sowie seinen Vater getrennt anzutreffen und sich mit ihnen zu unterhalten. Sie wollte auf jeden Fall ein weiteres Mal mit Paul und Sabine Schenck sprechen. Über Annas Liebhaber wäre vielleicht auch noch etwas herauszubekommen.

„Wie lange ist Anna Klockmann jetzt schon verschwunden?"

„Seit fast vier Monaten."

„Mmh, mmh. Das ist schon relativ lange. Und ich sehe das wie Sie: Es scheint in der Tat keinen Hinweis auf das Warum und Wohin zu geben. Sie können gerne weiter so vorgehen, wie von Ihnen geschildert. Aber ich bitte Sie um eines: Seien Sie vorsichtig. Das ist keine Warnung, die Sie beunruhigen oder abschrecken soll. Nur halten Sie bitte die Augen und Ohren auf. Ich habe ein ungutes Gefühl. Und mein Gefühl liegt meistens richtig."

Herr Räsner schaute sie stirnrunzelnd und mit einem leicht besorgten Blick an. Charlotte musste sich einmal innerlich schütteln, setzte sich aufrecht hin und sagte mit fester Stimme: „Das mache ich."

Beide standen auf und schlenderten zur Bürotür. Plötzlich sprach Herr Räsner Charlotte von der Seite an: „Ich heiße übrigens Jochen." Er reichte ihr die Hand.

Charlotte schaute ihn überrascht an, freute sich aber über diesen offensichtlichen Vertrauensbeweis.

„Charlotte", sagte sie und gab ihm die Hand.

Beide lächelten.

„Ich finde, dass du einen tollen Job machst. Du bist sehr engagiert und für den Umgang mit Menschen hast du offenbar ein gutes Händchen. Ich freue mich, dich in meinem Team zu haben."

„Vielen Dank für das Lob, Jochen. Ich werde mein Bestes geben."

„Davon gehe ich aus. Aber noch mal, Charlotte, sei bitte vorsichtig. Wenn da irgendetwas nicht passt, melde dich bei mir oder rufe direkt die Polizei."

„In Ordnung."

Sie verabschiedeten sich.

Als Charlotte aus dem kühlen Bürogebäude trat, hatte sie trotz der heißen Sommerluft noch kurz Gänsehaut. „Irgendetwas stimmt da nicht …", hatte Jochen gesagt. O.k.! Sie nahm die Herausforderung an und würde es herausfinden. Charlotte, Charlotte, dachte sie, du bringst dich auch immer in Situationen!

Herr Räsner – ach nein: Jochen hatte sie in ihren weiteren Planungen im Fall Anna unterstützt. Vielleicht fand sie ja selbst einen Ausweg aus der Sackgasse. Irgendwer musste doch etwas über den Verbleib der jungen Frau wissen.

Lächelnd und hoch motiviert schlug Charlotte den Weg zu ihrem Auto ein.

Kapitel 13

In den folgenden Tagen versuchte Charlotte, mit Sabine und Paul Schenck telefonisch einen weiteren Gesprächstermin zu vereinbaren. Aber niemand hob den Hörer ab. Auch Anrufe und ein unangekündigter Besuch auf dem Hof Klockmann führten zu nichts – weder Johannes noch seine Eltern waren anzutreffen.

Also radelte Charlotte wieder nach Hause. Dort beschäftigte sie sich mit den Hochzeitsplanungen, zwischendurch traf sie ihre Schwestern oder genoss die Sonne mit einem Eis am Aasee. Trotz all dieser schönen Unternehmungen wuchs ihre Unzufriedenheit. Es stellte sich als äußerst anstrengend heraus, die Studentin in spe gegenüber ihrem Umfeld zu mimen, die sich eifrig auf ihr Kriminologie-Studium vorbereitet, wenn man einfach nur Langeweile hat und sich mit Familie und Freunden treffen möchte. Was für ein Theater! Und wo steckte überhaupt Anna? Dieses Thema nagte an ihr. Die Motivation nach dem Gespräch mit Jochen Räsner war verflogen. Es ging einfach nicht weiter in dem Fall.

Diejenigen, mit denen sie bisher in Kontakt stand, hatten offensichtlich keine Zeit, waren im Urlaub – wie Annas beste Freundin – oder wollten nicht mit ihr sprechen. Ehrlich sich selbst gegenüber musste Charlotte feststellen, dass sie gar nicht hundertprozentig genau wusste, was sie tatsächlich noch fragen sollte. Es schien ja keiner etwas zu wissen.

An einem Sonntagmorgen schmiss sie sich in leichte Joggingkleidung, zog ihre Turnschuhe an und gab Alexander, der noch im Bett lag, einen Kuss. Bevor sie rausging, sagte sie nur: „Frühstücke ruhig ohne mich. Ich laufe eine große Runde. Warte bitte nicht auf mich."

Sie zog die Haustür hinter sich zu, steckte den Schlüssel ein und lief los. Trotz der frühen Stunde war es sehr warm. Die kühlere Luft in den Waldstücken, durch die sie joggte, genoss sie sehr, brachte ihr aber keine Klarheit, was ihr weiteres Vorgehen in Bezug auf Annas Verschwinden anging. Als Charlotte zwei Stunden später wieder zu Hause ankam, war sie nass geschwitzt. Sie sprang unter die Dusche, zog sich an und ging in die Küche.

Alexander stand an der großen Flügeltür zur Terrasse und blickte in den Garten. Als er ihre Schritte hörte, drehte er sich um, lehnte sich ans Fenster und schaute sie nachdenklich an. Charlotte stutzte.

„Was ist los?", fragte sie.

„Kurz nachdem die Tür hinter dir ins Schloss gefallen war, klingelte dein Handy, das du auf dem Nachttisch liegen gelassen hattest. Es zeigte eine lange ausländische Nummer an. Deshalb habe ich das Gespräch entgegengenommen. Es stellte sich heraus, dass es ein Anruf aus Mexiko war. Eine Frau names Leonora Müller, die dich offenbar kennt, war am Apparat. Sagt dir der Name etwas?"

Alexander wirkte irgendwie steif und distanziert, während er sprach. So hatte Charlotte ihn noch nie erlebt. Sie wusste nicht, wie sie reagieren sollte.

„Nun ja … Was … was wollte sie denn?"

„Sie bat mich, dir etwas auszurichten."

Charlotte wurde hellhörig.

„Was denn?", fragte sie neugierig.

„Das ist jetzt nicht wichtig." Alexander war verärgert.

„Charlotte, wir waren immer ehrlich zueinander. Was ist hier los? Eine wildfremde Frau ruft früh am Sonntagmorgen – beziehungsweise für sie mitten in der Nacht – aus

Mexiko an und hinterlässt eine Nachricht für dich. Und du redest mit mir über vermisste Personen, bist gedanklich oft ganz woanders und ziehst dich häufig in dein Arbeitszimmer zurück. Sind es deine Vorbereitungen auf das Aufbaustudium? Beschäftigst du dich jetzt schon intensiv mit Fallbeispielen, die dir emotional so nahe gehen? In das Bild passt allerding der Anruf aus Mexiko nicht."

Er schüttelte den Kopf, ließ seinen Blick kurz nach draußen schweifen und dann wieder zu Charlotte.

„Haben wir in unserer Beziehung ein Problem?", fragte er unglücklich.

Charlotte verstand. Jetzt war der Moment, den Vorhang fallen zu lassen – zumindest gegenüber Alexander, ihrem zukünftigen Ehemann. Ihre Selbstverwirklichung und Spielerei als Detektivin durften nicht ihr Liebe belasten. Nicht jetzt, wo sie ihre Hochzeit planten, und auch sonst niemals. Sie wusste nicht, wo sie anfangen sollte. Verlegen trat sie von einem Fuß auf den anderen.

„Tja, wo soll ich anfangen?"

Auf diese Frage hin wurde Alexanders Gesichtsausdruck noch unglücklicher.

„Erzähle mir bitte einfach, was los ist."

O.k., dann volle Fahrt voraus, dachte Charlotte.

„Du weißt, dass ich nach dem Studium nicht sofort auf den Zug ‚Rechtsanwältin in eurer Familienkanzlei, Hochzeit, Mutter werden, in Teilzeit weiterarbeiten' aufspringen wollte. Also hatte ich mich über den Aufbaustudiengang Kriminologie schlau gemacht."

„Den du ja belegen wirst, wie du angekündigt hast", warf Alexander ein.

„Nicht wirklich", beichtete Charlotte und schaute auf ihre Zehenspitzen.

„Ich verstehe nicht."

„Na ja, als ich mich über den Studiengang informiert habe, habe ich gleichzeitig auch eine unglaublich spannende und interessante Annonce in der Zeitung gefunden, auf die ich mich beworben habe."

„Wie bitte? Als was denn? Bist du in einer anderen Kanzlei eingestiegen?"

„Nicht ganz."

„Wie? Nicht ganz? Wie meinst du das?"

„Ich arbeite als Detektivin."

Nachdem sie das gesagt hatte, schaute sie Alexander wieder direkt ins Gesicht. Und sie entdeckte, leicht amüsiert, Verwunderung, Schock, Ungläubigkeit, Verwirrtheit in seinen Augen.

„Wie bitte?"

„Ich habe mich auf die Annonce gemeldet und bin nun Aushilfskraft in der Detektei Phönix."

„Ich muss mich setzen. Lass uns ins Wohnzimmer gehen."

Ganz entgegen ihrer Gewohnheit nahmen sie einander gegenüber Platz und Charlotte begann zu erzählen. Welche Zweifel sie gehabt hatte angesichts ihrer Entscheidung, welche Sorgen sie hatte, dass sie Alexander diese kleine Unwahrheit auftischen musste, und wie stolz sie im Endeffekt auf sich selbst war, dass sie sich auf das Abenteuer eingelassen hatte.

„Abenteuer trifft es. Mensch, Lotta, wieso hast du mir nicht von Anfang an reinen Wein eingeschenkt? Wir kennen uns schon so lange. Und natürlich habe ich geahnt, dass das Thema Beruf und Zukunft irgendwie auf Eis gelegt ist und du dich noch ausprobieren möchtest. Aber Detektivin? Du hast dir in deiner Jugend echt zu viele Hörspiele angehört."

Er schüttelte den Kopf. Charlotte konnte sich ein Schmunzeln nicht verkneifen.

„Bist du glücklich mit dieser Entscheidung?"

„Ja, auch wenn es im aktuellen Fall besser laufen könnte."
„Ich wusste vom ersten Moment an, dass das Leben mit dir niemals langweilig werden wird. Und dafür liebe ich dich. Aber bitte, bitte sprich mit mir über solche Dinge und weihe mich in deine Pläne ein. Wir werden unser Leben miteinander verbringen. Da wäre es schon schön, wenn ich unbekannte Anrufe aus Mexiko für dich einordnen könnte, meine süße Detektivin."

Ein kleines Lächeln umspielte nun auch seinen Mund.

„Ich gehe davon aus, dass du einen Vertrag mit der Detektei abgeschlossen hast?"

Charlotte nickte.

„Weiß sonst noch jemand von deinem Job?"

„Nein, niemand. Nur du jetzt."

„O.k. Wollen wir es erst mal für uns behalten? Und das Aufbaustudium-Spielchen weiterspielen? So kurz vor der Hochzeit käme so eine Offenbarung bei beiden Eltern vermutlich nicht gut an."

„Sehr gerne. Du hast völlig recht."

„Und jetzt komm her mein Schatz und lass dich küssen."

Charlotte setzte sich neben ihn und küsste ihn inniglich. Doch es brannte ihr unter den Nägeln, sodass sie die Liebkosung unterbrach und fragte: „Was hat Frau Müller denn gesagt?"

Lächelnd wimmelte Alexander sie ab.

„Du erwähntest einen Fall. Darüber möchte ich erst mal alles wissen."

Sie sah keine andere Möglichkeit, als ihm alles zu berichten, und fing von vorne an.

„Also Jochen ..."

„Wer ist Jochen?" Alexander schaute sie intensiv an.

„Das ist Jochen Räsner. Der Inhaber der Detektei Phönix. Wir duzen uns mittlerweile."

„Aha." Das große Fragezeichen in Alexanders Gesicht war nicht zu übersehen.

„Alles rein beruflich", betonte Charlotte.

Und dann begann sie mit ihrem Vorstellungsgespräch in der Detektei und berichtete von ihrem ersten Fall, erzählte von den Gesprächen mit Annas Familie, Kollegen und Freunden und endete mit dem letzten Besuch im Büro von Jochen Räsner. Die Warnung, die er ausgesprochen hatte, ließ sie vorsichtshalber aus.

Während der ganzen Zeit schwieg Alexander, betrachtete sie genau, nickte zwischendurch oder schaute sie fragend an. Sie erzählte ihm alles.

Nachdem sie fertig war, folgte ein Schweigen.

„Meine Superspürnase Lotta." Er stupste mit seinem Zeigefinger ihre Nase. „Das klingt nach einem spannenden, aber auch traurigen Fall. Und du bist dir sicher, dass Anna schwanger war, nur ihre beste Freundin – besagte Mexiko-Urlauberin – davon etwas wusste und Anna das Kind abgetrieben hat?"

„Ja, Leonora Müller hat sie ja sogar begleitet."

„Mmmh." Alexander atmete tief aus.

„Und Herr Räsner, also Jochen konnte dir keine weiteren Tipps geben?"

„Nein. Ich hatte und habe immer noch meinen groben Plan, wie ich weiter vorgehen möchte, obwohl ich gerade in einer Sackgasse stecke. Aber irgendwo muss Anna ja sein. Sie kann ja nicht vom Erdboden verschwunden sein."

„Lotta?"

„Ja?"

„Versprich mir bitte, dass du dich bei deiner Tätigkeit als Detektivin niemals selbst in Gefahr bringen wirst, ja?"

„Versprochen." Wie zur Bestätigung drückte sie ihm einen dicken Kuss auf die Wange und lächelte ihn an.

„Und jetzt erzähl mir, was du mir von Leonora aus Mexiko überbringen sollst. Bitte, Schatz, lass mich nicht betteln."

Alexander zögerte und rieb sich das Kinn. Das war kein gutes Zeichen. Er wirkte sehr nachdenklich.

„Nun ja. Nachdem du mir den Fall so genau geschildert hast, ergibt Leonora Müllers Nachricht einen Sinn, der mich etwas beunruhigt."

„Ach, sag schon. Wie lautet die Nachricht?" Charlotte spürte ihre Anspannung bis in die Haarspitzen.

„Sie sagte, dass sie noch mal nachgedacht hätte und sich korrigieren müsse. Sie sei sich ziemlich sicher, dass Paul über das besagte Wochenende doch Bescheid wusste."

Kapitel 14

Leonoras Nachricht aus Mexiko hatte Charlotte aufgewühlt und beunruhigt. Dieses Mal würde sie sich nicht so schnell abwimmeln lassen. Angespannt drückte sie den Klingelknopf neben dem Schild mit der Aufschrift ‚Schenck'. Es war 19.30 Uhr. Einer der beiden musste doch zu Hause sein.

Nach einer kurzen Pause klingelte sie erneut. Plötzlich hörte sie ein Rauschen der Gegensprechanlage und Sabine Schencks leise Stimme.

„Hallo? Wer ist da?" Ihre Stimme klang brüchig.

Charlotte konnte sie kaum verstehen. Egal, sie würde sich nicht aufhalten lassen.

„Hallo, Frau Schenck. Hier ist Charlotte Kemburg. Tut mir leid, dass ich unangekündigt vor Ihrer Tür stehe, aber ich müsste mich dringend noch mal mit Ihnen über Ihre Schwägerin Anna unterhalten. Wäre das jetzt möglich?"

Pause. Sie hörte keine Antwort. Die Stille schien unendlich lang zu dauern. Dann folgte erneut ein Rauschen.

„Wenn es sein muss. Kommen Sie rein."

Der Türöffner summte. Forsch schritt Charlotte durch den Vorgarten und ging zur Wohnung von Sabine und Paul Schenck. Frau Schenck hatte die Wohnungstür bereits geöffnet. Charlotte trat ein. Es war niemand zu sehen.

„Hallo?" Sie schloss die Wohnungstür hinter sich. Die ungemütliche, fast kalte Atmosphäre der Wohnung umschloss sie wie bei ihrem ersten Besuch. Sie schluckte und straffte ihre Schultern. Sie würde nicht lockerlassen.

„Hallo? Frau Schenck?"

„Ich bin im Wohnzimmer."

Charlotte folgte der Stimme und erschrak, als sie den Raum

betrat und Sabine Schenck sah. Die kurzen blonden Haare waren unfrisiert, sie war kreidebleich und hatte dunkle Ringe unter den Augen. Der schwarze Jogginganzug, den sie trug, schien viel zu groß für sie zu sein. Sie wirkte unglaublich zerbrechlich.

Mit leiser Stimme sagte sie: „Ich bin allein. Mein Mann ist bei einem Geschäftsessen. Bitte entschuldigen Sie mein Aussehen. Mir geht es heute nicht so gut. Was wollen Sie?"

Sie tat Charlotte leid. Dennoch musste sie dieses Gespräch führen.

„Ich würde gerne mit Ihnen über Anna sprechen."

„Ach ja, Anna." Frau Schenck schaute sie aus müden Augen an.

Jetzt war ihre Chance. Ihren Notizblock ließ Charlotte in der Tasche. Es erschien ihr irgendwie unpassend in dieser Gesprächssituation.

„Frau Schenck, wie ist Ihr persönliches Verhältnis zu Ihrer Schwägerin?"

Die Antwort kam überraschend prompt: „Oberflächlich."

„Wie meinen Sie das?"

Sabine Schenck rieb sich müde über die Augen und atmete tief durch.

„Nun ja, Anna ist immer fröhlich, immer plappernd über ihr Leben, ihre großen Pläne. Sie hilft einem, wo sie nur kann. Aber es bleibt – zumindest mir gegenüber – alles oberflächlich. Über Themen, die sie oder mich wirklich bewegen, haben wir bislang nie tiefergehend gesprochen."

Oberflächlichkeit – das war ein neuer Aspekt, den Charlotte über Anna erfuhr. Vielleicht wusste Frau Schenck gar nichts über den Schwangerschaftsabbruch, sondern wirklich nur ihr Mann. Der hatte es ihr vermutlich nicht gesagt, um sie vor einem noch tieferen Absturz in ihre Depressionen zu schützen.

„Kann ich Sie so verstehen, dass berufliche und private Probleme oder Entscheidungen, die einem zu schaffen machen, nie zwischen Anna und Ihnen diskutiert wurden?"

„Ja, genau so können Sie unsere Beziehung verstehen. Wieso fragen Sie mich das?"

„Nun, von Oberflächlichkeit habe ich in Zusammenhang mit Anna bisher noch nicht gehört."

„Ich denke, dass sowohl Anna als auch Paul sehr darauf bedacht sind, mich emotional zu unterstützen. Mein Job fordert von mir viel Verantwortung und klare Entscheidungen. Er macht mir Spaß und ermöglicht uns ein angenehmes Leben. Aber mein Mann wird Ihnen nach unserem letzten Treffen doch sicherlich von meinen Problemen berichtet haben." Sie schluckte und machte eine kurze Pause. „Und die waren nie Thema zwischen Anna und mir."

Charlotte begriff. Familie, Schwangerschaft und Kinder waren nie Gegenstand der Gespräche mit der Schwägerin. Jetzt würde es interessant sein zu erfahren, wie Sabine Schenck das Verhältnis zwischen ihrem Mann und Anna sah.

„Wie stehen denn Bruder und Schwester zueinander?"
Charlotte sah Frau Schenck an, dass ihr Zögern mit intensiven Überlegungen verbunden war.

„Die beiden haben natürlich ein wesentlich vertrauteres Verhältnis. Wie das so zwischen Geschwistern ist."

„Gibt es auch mal Unstimmigkeiten und Streit?"

„Ja, natürlich. Anna bleibt ja gerne lange abends bei uns, wenn sie uns besucht. Ich gehe generell recht früh zu Bett. Und da kommt es schon mal vor, dass ich die beiden bis ins Schlafzimmer laut diskutieren höre. Streiten würde ich es nicht nennen. Aber Anna und Paul sind beide starke Persönlichkeiten, bei denen ich nicht zwischen die Stühle geraten möchte."

„Haben sie vor Annas Verschwinden besonders oft heftig diskutiert?"

„Was soll diese ganze Fragerei? Sie glauben doch nicht, dass Paul etwas mit Annas Abtauchen zu tun hat?"

Sabine Schenck nahm sich die kuschelige Decke, die zusammengefaltet auf der Couch lag, und warf sie sich über ihre Schultern. Dabei zitterte sie.

„Nein. Das glaube ich nicht."

So ganz sicher war Charlotte sich bei dieser Aussage nicht. Aber das konnte sie Frau Schenck schlecht verständlich machen, ohne sie komplett aus dem Gleichgewicht zu bringen.

„Bitte verstehen Sie mich nicht falsch. Ich suche lediglich nach einem Auslöser, der dazu geführt haben könnte, dass Anna abgetaucht ist."

Das schien als Begründung auszureichen, denn Sabine Schenck antwortete: „Ja, vor Annas Verschwinden gab es tatsächlich bei fast jedem Treffen Diskussionen. Ich würde sie sogar als lautstarke und hitzige Gespräche bezeichnen. Um was es da genau ging, habe ich nie erfahren. Ich habe Paul auch nie gefragt. An dem Mittwochabend, an dem wir Anna das letzte Mal hier gesehen haben, ist sogar ein Stuhl umgekippt. Die beiden haben sich förmlich angeschrien. Ich habe mir Kissen auf die Ohren gedrückt. Ich ertrage so was einfach nicht."

„Erinnern Sie sich noch, was dann passiert ist?"

Sabine Schenck holte tief Luft.

„Irgendwann wurde es ruhiger und ich hörte die Wohnungstür zufallen. Anna ist dann wohl mit ihrem roten Flitzer weggefahren."

„Und Ihr Mann?"

„Der kam wesentlich später ins Bett."

Frau Schenck hatte ihn im Halbschlaf gefragt, ob alles in

Ordnung sei. Er hatte geantwortet, dass er noch einen langen Spaziergang gemacht und anschließend Fernsehen geschaut hatte.

„Wissen Sie noch, um wie viel Uhr das war?"

„Das kann ich Ihnen nicht sagen. Paul braucht so wenig Schlaf. Er geht oft erst zwischen zwei und drei Uhr ins Bett."

Charlotte sah, dass dieses Gespräch für Frau Schenck sehr anstrengend war. Sie wollte sie nicht weiter belästigen. Ihr Gefühl sagte ihr, dass diese sensible Person nichts Genaues über Annas Leben wusste – geschweige denn über die Abtreibung.

Also griff sie ihre Handtasche, stand auf und verabschiedete sich.

„Vielen Dank, Frau Schenck, dass Sie sich Zeit für mich genommen haben. Bemühen Sie sich nicht, ich finde selbst hinaus. Einen schönen Abend wünsche ich Ihnen noch."

Als sie Frau Schenck verließ, saß diese zusammengekauert auf der Couch.

Vor dem Haus holte Charlotte tief Luft. Nach diesem schwierigen Gespräch sehnte sich ihr Körper in der sommerlichen Abendhitze erst mal nach etwas Entspannung.

Sobald sie zu Hause war, musste sie die neuen Informationen und Eindrücke unbedingt aufschreiben. Wie gut, dass sie Frau Schenck allein angetroffen hatte. Sie nahm sich vor, ihren Ehemann auch allein zu interviewen. Da würde sie schon eine Möglichkeit finden. Dass es an dem Mittwochabend Streit gegeben hatte und Paul Schenck sehr spät zu Bett gegangen war, hatte sie aufhorchen lassen.

Kapitel 15

Der Anruf bei Annas Mutter in Süddeutschland, den Charlotte am Morgen geführt hatte, brachte leider keine neuen Erkenntnisse. Charlotte war entsetzt und überrascht zugleich, wie desinteressiert die Mutter am Telefon klang. Es schien sie vollkommen kaltzulassen, dass ihre Tochter seit so langer Zeit vermisst wurde. Insgesamt zeigte sie keine große Teilnahme an Annas Leben und hilfreiche Informationen konnte sie auch nicht liefern. Enttäuscht hatte Charlotte das Telefonat beendet.

Sie blickte aus dem Fenster und dachte an die Warnung, die Jochen Räsner ausgesprochen hatte. Aber sie tappte doch vollkommen im Dunkeln. Wo sollte sie da eine Bedrohung sehen? Die wichtigsten Fragen, die ihr auf dem Herzen lagen, waren: Wusste noch jemand von der Abtreibung? War das der Auslöser für Anna abzutauchen?
Sie war sich nach dem Gespräch mit Sabine Schenck absolut sicher, dass die Schwägerin nichts davon wusste. Und Annas Mutter hatte überhaupt keinen Bezug zum Leben ihrer Tochter.

Am Nachmittag fuhr Charlotte mit vielen Fragen im Kopf zum Bauernhof Klockmann. Auf ihr Klingeln öffnete mal wieder niemand. Also ging sie schnurstracks um das Wohnhaus herum und erblickte sofort Mutter und Sohn auf der Terrasse bei Kaffee und Kuchen. Sie winkte ihnen zu. Von Klockmann senior war nichts zu sehen.
„Hallo, Frau Klockmann, hallo, Herr Klockmann."
Am Gesichtsausdruck von Johannes Klockmann sah Charlotte, dass er sich nicht sonderlich über ihr Kommen freute.

Mutter Klockmann stand auf und lächelte. Sie blickte ihr erwartungsvoll entgegen und deutete mit einer Handbewegung an, dass Charlotte sich zu ihnen gesellen sollte. Seit der letzten Begegnung schien sie vor Kummer noch kleiner geworden zu sein.

„Hallo, Frau Kemburg", begrüßte sie Charlotte mit einem Handschlag. „Schön, Sie zu sehen. Bitte setzen Sie sich zu uns. Essen Sie ein Stück selbst gebackenen Apfelkuchen mit? Ja? Und eine Tasse Kaffee?"

Ihr Sohn hatte nur ein Hallo gegrummelt und war sitzen geblieben.

„Johannes, bist du so nett und holst noch ein Gedeck?"

Er stand auf und ging in die Küche.

„Frau Kemburg, bitte erzählen Sie: Gibt es Neuigkeiten, wo unsere Anna sein könnte?"

Frau Klockmann spielte nervös mit ihrem Ehering am Finger. Johannes kam zurück und servierte Charlotte Kaffee und Kuchen.

„Danke. Um ehrlich zu sein: Es gibt nichts Neues."

Niedergeschlagen ließ Frau Klockmann die Schultern sinken.

„Gar nicht?", fragte sie leise.

Johannes räusperte sich.

„Wen haben Sie denn alles schon verhört? Sagt man das so bei Detektiven?"

Wie schon beim ersten Treffen schlug Charlotte auch heute sein Unmut entgegen. Seine Mutter flüsterte verzagt „Johannes".

„Wir verhören niemanden. Das überlassen wir der Polizei. Ich kann Ihnen mitteilen, dass ich in Osnabrück mit Annas Bruder und der Schwägerin gesprochen habe, ebenso mit ihren Kollegen in der Speicherstadt."

Das Handy erwähnte sie nicht.

„Dann habe ich heute Morgen mit Annas Mutter telefoniert. Mit ihrer besten Freundin Leonora Müller habe ich mich auch getroffen. Aber all die Gespräche ergaben keinen Hinweis darauf, wo Anna sein könnte."

„Wofür bezahlen wir Sie denn dann?"

„Johannes, bitte." Frau Klockmann zog ein gebügeltes Taschentuch aus ihrer Kitteltasche und tupfte ihre Augen ab. Dabei blickte sie zu Boden.

Charlotte ignorierte Johannes' provokanten Unterton.

„Haben Sie denn in irgendeiner Form ein Lebenszeichen von ihr erhalten?"

Beide schüttelten den Kopf.

„Nein, nichts", sagte Frau Klockmann.

„Gab es sonst irgendetwas Auffälliges? Hat Anna zum Beispiel Geld von Ihrem gemeinsamen Konto abgehoben, Herr Klockmann? Sie muss ja von irgendwas leben."

„Nein, da gab es keine Abhebungen", antwortete Johannes, jetzt in einem ruhigeren Ton.

Charlotte probierte den Kuchen, der wirklich köstlich schmeckte, und trank einen Schluck Kaffee, um etwas Zeit zu gewinnen.

„Anna ist ja wirklich immer viel unterwegs – wie mir Familie Schenck und auch Leonora Müller berichteten. Herr Klockmann, bitte entschuldigen Sie, dass ich Sie das frage, aber: Haben Sie und Anna eigentlich darüber geredet, wo sie immer hingefahren ist und was sie dort gemacht hat? Sei es allein, sei es mit Freundinnen oder so?"

Während sie sprach, schaute sie Johannes intensiv an. Er wich ihrem Blick dabei aus und rutschte auf dem Gartenstuhl hin und her.

Als er antwortete, schaute er ihr direkt in die Augen.

„Nein. Ich weiß leider nicht immer, was meine Frau macht und mit wem sie gerade wo unterwegs ist. Wir sind erwachsene Menschen, da müssen wir einander kaum ständig Bericht erstatten, oder?"

Mit dieser Antwort hatte Charlotte gerechnet. Sie ließ es so im Raum stehen und blickte in den wunderschönen Garten. Bei Alexander und ihr herrschte immer Offenheit. Na ja, bis auf ihr Detektiv-Dasein, das zum Glück durch Leonora Müllers Anruf nun auch aufgeflogen war und von Alexander akzeptiert wurde. Viel länger hätte sie die Geheimniskrämerei auch nicht ertragen.

„Und wenn einer von Ihnen mal gesundheitliche Probleme hat? Sprechen Sie dann darüber?", bohrte Charlotte weiter.

„Was wollen Sie damit sagen?", fragte Johannes, wieder mit einem gereizten und ungeduldigen Unterton.

„Die Frage ist: Leidet jeder vor sich hin und versucht, den anderen mit seinem Problem zu verschonen? Oder reden Sie darüber?"

„Glauben Sie, dass Anna aus gesundheitlichen Gründen untergetaucht ist? Was für ein Blödsinn! Wir sind doch jung und gesund. Wegen eines Schnupfens wird ja wohl niemand einfach abhauen. Natürlich haben wir über so was gesprochen. Der eine besorgt für den anderen dann ja auch eventuell Medikamente. Ich verstehe Ihre Fragen nicht." Er schüttelte den Kopf.

„Danke. Ich wollte nur wissen, ob bei Ihrer lebenslustigen und humorvollen Frau auch Erkältung, Kopfschmerzen und was auch immer überhaupt Thema sind."

„Natürlich."

„Könnte ich Herrn Klockmann senior heute vielleicht auch sprechen?"

„Liebe Frau Kemburg, er wird Ihnen vermutlich nicht weiterhelfen können. Außerdem ist er heute Nachmittag bei unseren Nachbarn. Die haben eine neue Melkmaschine bekommen", mischte sich Frau Klockmann ein.

„Alles klar. Trotzdem würde ich mich gerne mit ihm unterhalten. Vielleicht ist er ja bei meinem nächsten Besuch da." Charlotte aß den hervorragenden Kuchen auf, leerte ihre Kaffeetasse und erhob sich. Hier kam sie nicht weiter. Das spürte sie. Sie bedankte sich für die leckere Bewirtung und verabschiedete sich. Frau Klockmann hielt ihre Hand lange fest und bat eindringlich unter Tränen, sie möge Anna nach Hause bringen. Johannes' Verabschiedung war kurz und emotionslos. Er schien vollkommen resigniert zu haben.

Auf dem Rückweg ließ Charlotte den Kaffeeklatsch Revue passieren. Johannes war für sie ein Buch mit sieben Siegeln. Sie wurde aus ihm einfach nicht schlau. Ihr war klar, dass er in Gegenwart seiner Mutter bestimmt nicht über Annas Abtreibung sprechen würde. Aber ihr war einfach nicht ersichtlich, ob seine Ehe tatsächlich in guten und eben auch in schlechten Zeiten funktionieren würde. Wenn bei Anna immer alles nur glänzend-schillernd war und dann noch eine gewisse Oberflächlichkeit hinzukam, wie es Frau Schenck beschrieben hatte – dann hatte die reiselustige junge Frau bestimmt nicht mit ihrem Mann über das Abtreibungswochenende gesprochen. Charlotte empfand diese gesamte Situation einfach nur als schrecklich. Für Johannes, für Anna und für das ungeborene Kind.

Doch sie musste versuchen, diese dunklen Gedanken so schnell wie möglich abzuschütteln. Denn am morgigen Tag würde sie mit ihren Schwestern und Schwägerinnen in spe mit Prosecco und Häppchen ein Brautkleid aussuchen.

Kapitel 16

Emma, Jule, Eva und Henrike jauchzten und seufzten vor Begeisterung, als Charlotte aus dem Ankleideraum trat.

„Ein Prinzessinnenkleid", hauchte Eva.

„Traumhaft!" Henrike kicherte und klatschte in die Hände.

„Kommt, Ladies, darauf stoßen wir an", sagte Jule.

Das taten sie nun schon seit ungefähr drei Stunden. Für die Verkäuferinnen im Brautmodengeschäft schien das ein gewohntes Bild zu sein. Die Stimmung war äußerst fröhlich und locker.

Charlotte zwinkerte ihren beiden Schwestern Emma und Jule zu. Die beiden wussten, dass sie sich schon längst entschieden hatte: Gleich das erste anprobierte Kleid sollte es werden. Charlotte hatte unzählige Hochzeitsmagazine gewälzt und war sich beim Stil ihres Brautkleides absolut sicher. Und das erste Kleid entsprach genau ihren Vorstellungen. Nach der Anprobe hatte sie ihre Entscheidung der Verkäuferin im Ankleideraum direkt mitgeteilt. Da das Ganze aber als längerer Ausflug in die Welt der Brautausstattung gedacht war, waren sich beide einig, noch etwas Show mit dem ein oder anderen Glas Champagner zwischendurch zu bieten.

Für Charlotte ergab sich so die Möglichkeit, nicht nur Eva, die neue Freundin von Alexanders Bruder Sebastian, besser kennenzulernen, sondern sich auch mal in anderen Brautkleidern, die sie niemals freiwillig tragen würde, zu sehen. Wie sich herausstellte, machte das großen Spaß. Kleider wie zum Beispiel dieses hier: ein Traum aus Tüll, gearbeitet wie ein echtes Tütü, über und über bestickt mit bunt schimmernden Pailletten. Jetzt fehlte tatsächlich nur noch ein Krönchen und der Prinzessinnen-Look wäre perfekt. Kaum gedacht, kam Emma schon mit dem passenden Accessoire um die Ecke – ein langer Schleier, der mit einer kleinen Krone im Haar festgesteckt werden sollte. Alle waren begeistert und hielten sich den Bauch vor Lachen.

Eine zweite Verkäuferin brachte ein kleines Tablett mit Fingerfood und Charlotte setzte sich zu den vieren auf die gemütliche Sitzgruppe.

„Also, Lotta, Hand aufs Herz: Welches Kleid ist dein Favorit?", fragte Jule.

Die bereits anprobierten Kleider hingen hübsch aufgereiht auf einer Stange und jede hatte für sich eine Hitliste erstellt. Jetzt galt es nur noch herauszufinden, ob die Braut derselben Meinung war.

„Sagt mir erst mal, welches Kleid euch am besten gefallen hat", erwiderte Charlotte. „In welchem Kleid würdet ihr mich zum Altar schicken?"

„Eines ist klar: Würdest du das Schätzchen tragen, das du gerade trägst, würde Alexander die Welt nicht mehr verstehen und sich fragen, wo seine Lotta geblieben ist."

Emma verschluckte sich fast, so sehr musste sie kichern, als Henrike das, ganz in ihrer trockenen Art, von sich gab.

„Ich fand das bestickte Neckholder-Kleid sehr hübsch. Es steht dir super. Die Haare dazu hochgesteckt und vielleicht ein kurzer Schleier. Das wäre doch was!", begründete Eva ihre Wahl.

Alle nickten zustimmend.

„Das Minikleid hat mir besonders gut gefallen. Ist mal was anderes und irgendwie sexy." Henrike hob ihr Glas zum Anstoßen.

Dann ergriff Emma das Wort: „Ich kenne unsere große Schwester ja schon etwas länger und kann dem werten Publikum hiermit feierlich eröffnen, dass Lotta ihre Entscheidung schon längst getroffen hat."

Sie schaute ihre Schwester an, als wenn sie um Erlaubnis bitten würde, es verkünden zu dürfen.

Charlotte grinste breit, nickte leicht und lächelte. Alle blickten Emma erwartungsvoll an.

„Es wird das erste Kleid, das Lotta anprobiert hat. Das trägerlose, ganz schlichte."

Jubel brach aus. Es wurde geklatscht und immer wieder betont, was für ein wundervolles Kleid es sei und wie hübsch sie darin aussehen würde. Jetzt fehlte nur noch das Zubehör – Schuhe, eventuell ein Schleier oder Handschuhe.

„Nein, nein, keine Handschuhe", meinte Lotta zu dem Vorschlag.

Plötzlich sagte Jule: „Seid mal alle still. Hier klingelt doch ein Handy."

Keine hatte zugehört. Es wurde weitergeredet und gelacht.

„Hallo! Es klingelt ein Handy! Wessen Handy ist das?" Jule hatte die Stimme erhoben. Es wurde leise.

„Ist nicht mein Klingelton", meinte Eva.

„Meiner auch nicht." Das kam von Emma.

Jule hielt ihr Handy in der Hand und schüttelte den Kopf. Henrike tat es ihr gleich.

„Ich habe auch einen anderen Klingelton." Noch während Charlotte das sagte, fiel ihr Annas Handy in ihrer Tasche ein. Oh mein Gott! Sie ging in den Ankleideraum und nahm das klingelnde Handy aus ihrer Tasche.

„Mädels, ich schließe mal kurz die Tür."

„Hast du ein neues Handy?", fragte Jule noch. Aber die Tür war schon zu.

Mit bebenden Händen drückte Charlotte das Abnehmen-Symbol. Ihr Herz raste. Langsam führte sie das Handy ans Ohr.

„Verdammt noch mal, Anna. Wo steckst du?" Eine tiefe, angenehme, aber äußerst zornig klingende Männerstimme drang an ihr Ohr. „Was soll dieses Versteckspiel?" Der Ton in seiner Stimme wurde wütender.

Charlotte traute sich nicht, etwas zu sagen, und zitterte mittlerweile am ganzen Körper. Die Pause, in der keiner etwas sagte, wurde länger und länger.

„Hallo? Hallo, Anna. Bist du noch da?" Er wurde ungeduldig.

Charlotte räusperte sich und betete, dass ihre Stimme nicht versagte, sondern selbstbewusst klang.

„Hallo."

„Hallo. Du bist nicht Anna."

„Nein, bin ich nicht."

„Wo ist Anna? Wie bist du an ihr Handy gekommen."

„Ist das wichtig?" Gut, sie hatte ihre Balance wiedergefunden.

„Nein, ist es eigentlich nicht. Bist du eine Freundin von ihr?"

„Ja." Wenn sie weiterkommen wollte, musste sie wohl oder übel ein bisschen flunkern.

„Bietest du dasselbe wie Anna an?"

Dasselbe anbieten? Was sollte das bedeuten? Ein flaues Gefühl machte sich in Charlottes Magengegend breit.

„Ja, das tu ich."

„Gut. Mehr will ich von dir im Moment gar nicht wissen." Kurze Pause.

„Übermorgen in der Hotelbar vom Martinihof in Münster? 20 Uhr? Passt dir das?"

„Ja."

„Ich erkenne dich schon. Sei pünktlich."

Ein Knacken in der Leitung und er hatte aufgelegt. Charlotte nahm das Handy vom Ohr. Ihre Finger waren weiß vom krampfhaften Festhalten des Handys. Ihre Beine gaben plötzlich nach, sodass sie sich hinsetzen musste.

Jemand klopfte an die Tür des Ankleideraums. „Lotta, alles klar?", fragte Emma.

Charlotte holte tief Luft. „Ja, alles klar. Ich komme gleich." Sie versuchte, unbeschwert zu klingen.

„O.k. Wir warten auf die Braut!", kam die ausgelassene Antwort.

Was hatte sie da nur wieder gemacht? Einen wildfremden Mann abends in einer Hotelbar treffen? Das durfte Alexander auf gar keinen Fall erfahren. Er würde niemals zulassen, dass sie sich für ihren Job in eine so brisante Situation brachte.

Aber sie musste mit jemandem darüber reden. Und sie würde Unterstützung brauchen. Ohne die würde sie sich zu unsicher fühlen. Es wäre die Chance, etwas über Annas Verschwinden zu erfahren. Das war ihr klar. Den Preis, dass ihr etwas zustoßen könnte, wollte sie allerdings auf keinen Fall zahlen.

Schnell zog sie ihr eigenes Handy aus der Tasche und wählte die Nummer von Jochen Räsner.

„Detektei Phönix. Strasser am Apparat."

Es tat ungemein gut, die ruhige Stimme von Frau Strasser zu hören.

„Hallo, Frau Strasser. Hier ist Charlotte Kemburg." Sie wusste, dass ihre Stimme noch aufgeregt und angespannt klang.

„Hallo, Frau Kemburg. Was kann ich für Sie tun? Ist alles in Ordnung?", fragte Frau Strasser leicht besorgt.

„Ja. Danke. Ich habe eine große Bitte: Da Herr Räsner vermutlich viele Termine hat, möchte ich Sie bitten, ihm auszurichten, mich dringend zurückzurufen. Ich stecke in einer etwas unangenehmen Lage, was meinen aktuellen Fall angeht. Würden Sie das bitte machen?"

„Selbstverständlich. Ich werde dafür sorgen, dass er sich

bis spätestens morgen Mittag bei Ihnen meldet. Wäre das zeitnah genug?"

„Auf jeden Fall. Vielen, vielen Dank, Frau Strasser. Ich wünsche Ihnen einen schönen Tag."

„Ihnen auch, Frau Kemburg. Bis dann."

Charlotte legte auf und atmete ein paarmal tief ein und aus. Was hatte sie sich da nur eingebrockt? Sie versuchte, die dunklen Gedanken um Annas Verschwinden beiseitezuschieben, lächelte ihrem Spiegelbild im fluffigen Tütü-Hochzeitskleid im großen Spiegel des Ankleideraums zu, ergriff die Türklinke und ging zurück zu ihren plappernden, angeheiterten Schwestern und Schwägerinnen in spe.

Alles, was eine Braut braucht, sollte sie an diesem Tag noch finden: Schuhe, Haarschmuck, Schleier, Unterwäsche, Strumpfband, Jäckchen, und, und, und. Mit den Verkäuferinnen wurden die weiteren Anprobetermine bis zur Hochzeit abgesprochen und dann stand auch schon der Taxi-Bus vor der Tür, um alle erschöpft und glücklich nach Hause zu bringen.

Charlotte war froh, dass offenbar keine ihre Aufregung, die nichts mit der Anprobe zu tun hatte, mitbekommen hatte. Alle waren so sehr in das Hochzeitsthema vertieft, dass niemand bemerkt hatte, wie aufgewühlt sie nach dem Telefonat war.

Selbst Alexander konnte sie am Abend gut etwas vorspielen. Seitdem er über ihren Job und den Fall Anna Bescheid wusste, erkundigte er sich natürlich regelmäßig nach dem Stand der Dinge. Er hörte ihren Berichten zu, stellte häufig genaue und gezielte Fragen und half ihr damit manchmal sogar weiter.

Auf seinen Vorschlag hin hatte sie für den folgenden Nachmittag mit der Sekretärin von Paul Schenck einen Termin in dessen Firma vereinbart. So würde er ihren Fragen nicht mehr aus dem Weg gehen können. Die Aussicht, ihn dann in seiner gewohnten Arbeitsumgebung zu treffen, war auch besser, als sich erneut in der unangenehmen Atmosphäre der Schenck'schen Wohnung aufhalten zu müssen.

Zu ihrem großen Bedauern hatte sich Jochen Räsner an diesem Tag nicht mehr bei ihr gemeldet. Charlotte ging mit Gedanken, die Achterbahn fuhren und sich partout nicht bändigen ließen, ins Bett. Die Nacht war kurz und unruhig.

Kapitel 17

Als Charlotte am nächsten Morgen aufwachte, fühlte sie sich immer noch müde und gerädert vom vielen Hin- und Herwälzen. Das Bett neben ihr war leer, Alexander war schon zur Arbeit aufgebrochen.

Sie blieb im Bett liegen und dachte über den gestrigen Tag nach. Mit der Auswahl ihres Hochzeitskleides würde sie nun für alle Zeit dieses beängstigende Gespräch über Annas Handy verbinden. Dennoch war es ein gelungener Tag mit viel Spaß und Freudentränen geworden. Zum Glück!

Als sie am Frühstückstisch saß, klingelte ihr Handy. Endlich konnte sie mit Jochen Räsner sprechen, wie ihr das Display anzeigte.

„Guten Morgen, Jochen."

„Hallo, Charlotte. Was gibt es Dringendes? Ist etwas passiert? Die liebe Frau Strasser hat sich nach deinem gestrigen Anruf große Sorgen um dich gemacht. Entschuldige, dass ich mich jetzt erst melde. Ich hoffe, es ist nicht zu spät. Erzähl bitte."

Das tat Charlotte. Die Brautkleidgeschichte erwähnte sie nur beiläufig. Nach ihrer detaillierten Wiedergabe des Telefonats mit dem unbekannten Mann und der Schilderung ihrer Eindrücke herrschte erst mal Schweigen in der Leitung.

„Das wird dann wohl der – oder einer von Annas Liebhabern sein. Oder wie siehst du das?"

„Davon ist auszugehen. Er schien sehr verärgert, aber auch ein bisschen besorgt zu sein. Die Frage ist nur: Was will er von mir?"

„Mmh, mmh", kam es nachdenklich aus dem Hörer.

„Und ich muss gestehen, ich habe schlichtweg Angst, mich

mit einem sichtlich erzürnten wildfremden Mann abends in einer Hotelbar zu treffen. Ich will aber auch nicht kneifen, weil ich unbedingt Anna finden möchte."

„Da kann ich dich gut verstehen."

Charlotte spürte, dass Jochen Räsner alle Optionen gedanklich durchspielte.

„Weißt du was, Charlotte? Ich werden morgen Abend auch in der Hotelbar sein. Und zwar werde ich weit vor 20 Uhr dort mit einer Zeitung in einem gemütlichen Clubsessel sitzen und das Geschehen beobachten. Sobald es in irgendeiner Form brenzlig für dich werden sollte, werde ich da sein. Wäre das in Ordnung für dich?"

Ihr wurde bei seinen Worten leichter ums Herz. „Ja, das wäre klasse."

„Gut. Den Termin habe ich in meinem Kalender notiert. Ich werde dort sein. Und sonst? Was gibt es Neues in deinem Fall?"

Kurz und knapp berichtete Charlotte über alles, was sie weiter erfahren und was sie für heute noch geplant hatte.

„Versprich mir, dass du – egal, in welcher Situation – vorsichtig sein wirst und dich – wie mit dem Hotelbar-Date – bei mir meldest. Ich habe immer noch ein ungutes Gefühl und bedaure, dass du so etwas Aufreibendes als ersten Fall bekommen hast. Pass auf dich auf."

„Das mache ich."

Sie verabschiedeten sich. Charlotte musste schlucken und blickte in den sonnendurchfluteten Garten.

Am Nachmittag machte sie sich auf den Weg zu Paul Schencks Firma, die in einem Industriegebiet bei Osnabrück lag. Sie parkte auf dem Besucherparkplatz vor dem Eingang. Es herrschte reges Treiben auf dem Firmengelände: Gabelstapler wurden hin- und hergefahren, LKWs standen vor den Verladerampen und sie war nicht die Einzige, die als Besucherin geparkt hatte.

Am Empfang wurde sie von einer jungen Frau höflich begrüßt. Sie führte Charlotte direkt in das Büro von Paul Schenck im ersten Obergeschoss.

Herr Schenck sei noch in einer Besprechung, würde aber gleich zu ihr kommen, teilte sie ihr mit.

Charlotte setzte sich auf einen Stuhl vor dem großen Schreibtisch. Das angebotene Wasser nahm sie gerne an, obwohl das Büro gut klimatisiert war. Die junge Frau verschwand lautlos und Charlotte blickte sich um.

Paul Schencks Büro war genauso modern eingerichtet wie die Wohnung. Alles minimalistisch und so gut wie keine persönlichen Gegenstände. Charlotte mochte diese kühle Art der Einrichtung gar nicht, aber jeder hatte eben seinen eigenen Stil.

Nach nur wenigen Minuten ging die Tür hinter ihr auf und Herr Schenck kam herein. Er ging auf sie zu und reichte ihr die Hand.

„Frau Kemburg, Sie lassen auch nicht locker und scheuen offensichtlich nicht davor, ungewöhnliche Wege einzuschlagen. Sich bei meiner Sekretärin einen Termin geben zu lassen, halte ich ehrlich gesagt für etwas unverschämt. Gerade nachdem Sie ja noch mal mit meiner Frau gesprochen haben. Aber nun sind Sie hier und ich beantworte selbstverständlich Ihre Fragen, soweit mir das möglich ist. Bitte nehmen Sie wieder Platz."

Seine Ansprache ergoss sich wie ein Schwall Wasser über Charlotte. Herr Schenck lächelte zwar, aber es war das professionelle Lächeln eines Geschäftsmannes. Der Ärger, der sich hinter seinen Worten versteckte, war nicht zu überhören. Da er sich so deutlich ausdrückte, dachte sich Charlotte: „Das kann ich auch."

„Gut, dann können wir ja offen sprechen", erwiderte sie selbstbewusst. „Anna und Sie sind nicht immer einer Meinung. Sie haben sich an dem Mittwochabend, an dem Anna bei Ihnen war und verschwunden ist, gestritten. Richtig?"

„Ja, das ist korrekt. Das hat Ihnen meine Frau doch bereits mitgeteilt."

Sabine Schenck hatte ihm also alles erzählt.

„Anna und ich, wir sind beide sehr emotionale Typen. Und wie das so ist: Unter Geschwistern gibt es auch mal Streit."

„Was haben Sie anschließend gemacht?"

„Ich bin lange spazieren gegangen. Aber das wissen Sie alles schon."

„Hat Sie jemand gesehen?"

Seine Augen verengten sich. Er schaute sie intensiv an.

„Fragen Sie mich nach einem Alibi? Was ist das hier? Ein Verhör? Denken Sie nicht, dass Sie da etwas Ihre Kompetenzen überschreiten?" Sein Ton wurde harscher.

„Worum ging es in dem Streit? Erinnern Sie sich noch?"

Jetzt nicht lockerlassen, dachte Charlotte.

„Das geht Sie nichts an."

Charlotte hatte auf dem Weg hierhin ständig überlegt, ob sie Annas Abtreibung ansprechen sollte. Das tat sie auch jetzt wieder, entschied sich aber dagegen. Sie wählte stattdessen einen anderen Weg.

„Ging es um das Thema Kinder?"

Die Frage genügte. Paul Schenck ließ die Schultern sinken, legte seinen Kopf in die Hände, die Arme aufgestützt auf dem gläsernen Schreibtisch, und atmete tief.

„Wieso fragen Sie das?" Er hob den Kopf und schaute sie an. Da war sie wieder: die unendliche Traurigkeit in seinen Augen.

„Nun ja, Sie hatten bereits in unserem ersten Gespräch deutlich gemacht, dass das ein Gebiet ist, auf dem sich

Anna – gerade Ihrer Frau gegenüber – etwas unsensibel verhält." Mehr wollte Charlotte dazu nicht sagen. Sie schwiegen beide. Mehrere Minuten vergingen. Paul Schenck schaute aus dem Fenster, Charlotte beobachtete ihn. Er schien mit sich selbst zu ringen, was er dazu sagen sollte oder wollte. Sein Telefon klingelte. Beide zuckten kurz zusammen, aber er hob nicht ab.

„Ja, es ging in dem Streit mal wieder um das Thema Kinder", antwortete er niedergeschlagen.

„Was hatte Anna dazu zu sagen? Sie wusste doch um Ihre Situation?" Charlotte spürte, wie sich ihr Kiefer anspannte. Würde er jetzt Annas Abtreibung ansprechen, wäre der Damm gebrochen und er würde alles erzählen. Da war sie sich sicher. Sie war davon überzeugt, dass es bei dem Streit genau darum ging.

„Anna wollte uns, besser gesagt meiner Frau, ‚tolle' Tipps geben, die uns beim Thema eigene Kinder weiterhelfen sollten", sagte er mit einem verächtlichen Unterton. „Sie meinte immer, wir würden sicher wunderbare Eltern sein. Und es wäre schön, wenn das eigene Kind die Firma übernehmen würde."

Er sprach nicht über den Schwangerschaftsabbruch. Was hatte das zu bedeuten?

„Sie hatte wohl etwas gelesen. Neueste Erkenntnisse und Methoden. Aber wir halten das nicht mehr aus, verstehen Sie?" Er blickte ihr direkt in die Augen. Charlotte sah, dass da noch mehr war.

„Verstehen Sie das?", fragte er in einem fast flehentlichen Ton.

Sie nickte leicht.

„In unserer Ehe ist für das Thema kein Platz mehr. Wir würden daran zerbrechen. Und Anna ließ einfach nicht davon ab. Darüber haben wir gestritten."

„Das war alles?" Die Frage schlug ihm ins Gesicht. Er schaute sie erst verwirrt an und plötzlich wurde sein Blick eiskalt.

„Ja, das war alles."

Charlottes nächste Fragen kamen direkt und unangekündigt.

„Herr Schenck, was wissen Sie über die Gründe für Annas Verschwinden? Wo ist Anna?"

„Sie verlassen bitte umgehend meine Firma. Es ist alles gesagt. Ich möchte Sie weder bei meiner Frau noch in meinem Umfeld wiedersehen. Einen schönen Tag."

Seine Worte glühten förmlich, als er sie Charlotte entgegenschleuderte.

„Ihnen auch." Sie stand auf und verließ das Gebäude. Im Auto ließ sie erst mal die Fenster runter.

Paul Schenck wusste mehr. Da war sie sich sicher. Schnell fuhr sie nach Hause, um das Gespräch und ihre Eindrücke festzuhalten. Außerdem musste sie sich noch auf morgen Abend vorbereiten. Alexander hatte sie bereits mitgeteilt, dass sie sich mit einer Freundin in Münster treffen würde. Eine kleine Notlüge. Sie hatte dies so unverbindlich zwischen Tür und Angel gesagt, wie sie es beide bei solchen Verabredungen handhabten. Vollkommen unauffällig.

Kapitel 18

Charlotte hatte den ganzen Tag überlegt, was sie zu dem Treffen anziehen sollte, ob sie sich mit ihrem richtigen Vornamen vorstellen wollte, welche Fragen sie stellen sollte. Ihr schwirrte der Kopf, als sie in einem leichten Sommerkleid vor der Rezeption des Martinihofs stand.

Sie war nervös, unglaublich nervös. Linker Hand befand sich die Hotelbar. Es saß noch niemand an der Theke. Also ging sie darauf zu und nahm auf einen Barhocker Platz.

Im Vorbeigehen hatte sie aus dem Augenwinkel zwei Personen wahrgenommen. Nun ließ sie den Blick durch den Raum schweifen. Da saß ein älterer Herr, der auf sein Handy starrte. Ein Getränk stand vor ihm auf dem Tisch, ein großer Koffer neben seinem Clubsessel. Er wartete offenbar.

Der Barkeeper, ein gut aussehender junger Mann mit aufgekrempelten Hemdsärmeln, fragte Charlotte, ob sie etwas trinken wollte. Sie bestellte ein Wasser. Ihr Blick blieb an der zweiten Person haften, die es sich in einem Sessel bequem gemacht hatte. Jochen Räsner – ihr fiel ein Stein vom Herzen. Er hielt eine Zeitung in beiden Händen und schien vollkommen vertieft in die Lektüre.

Es war kurz vor 20 Uhr. Charlotte nahm einen Schluck Wasser, um ihren trockenen Mund zu befeuchten. Nachdem sie das Glas abgestellt hatte, sah sie, dass ein attraktiver Mann, in Jeans und weißem Hemd, etwa Mitte vierzig, geradewegs auf sie zukam. Showtime!

Er musterte sie von oben bis unten mit einem Blick, der ihr unangenehm war, dann reichte er ihr die Hand.

„Hallo. Ich bin Martin."

„Hallo. Mein Name ist Lisa."

Charlotte hatte sich dazu entschieden, nicht zu viel über sich preiszugeben.

„Du bist also eine Freundin von Anna. Nett!" Wieder dieser anzügliche Blick. Charlotte versuchte ein Lächeln und nickte.

„Wieso hat sie dir ihr Handy gegeben?" Diese Frage war ihm wichtig, denn Charlotte registrierte einen schärferen Unterton.

„Sie hat gesagt, sie bräuchte es nicht mehr. Sie hatte sich ein neues mit neuer Rufnummer zugelegt. Und meins war gerade kaputtgegangen."

„Aha. Und ihr kennt euch schon lange, Anna und du?"
Er bestellte beim Barkeeper einen Gin Tonic.

„Eigentlich nicht. Wir haben uns beim Spanischkurs kennengelernt. Aber ich habe sie schon lange nicht mehr gesehen", erzählte Charlotte im naiven Mädchenton. „Vorher haben wir uns ab und an auch außerhalb des Kurses in einer Kneipe oder einem Café getroffen."

Zum Glück hatte sie sich eine Geschichte zurechtgelegt und mehrmals geübt, sodass sie sie nur noch abspulen musste, bevor es richtig interessant werden würde.

„Mein letztes Treffen mit Anna ist auch einige Zeit her", sagte er nachdenklich. „Und, was machst du so, Lisa?"
Er schien nicht weiter über Anna reden zu wollen. Den Gin Tonic kippte er runter. Charlotte hatte gerade ihr Glas Wasser geleert, da bestellte er zwei weitere Gin Tonic. Wenn sie bei den Temperaturen, ohne richtiges Abendessen – das hatte sie vor Aufregung nicht runterbekommen – Alkohol trinken würde, wäre alles verloren. Sie musste eine Lösung finden.

Der Barkeeper stellte die zwei gefüllten Gläser hin. Der Mann, der sich Martin nannte, stieß Charlottes Glas an.

„Auf eine schöne erste Begegnung."

Charlotte nippte nur und begann, zügig zu sprechen, weiterhin mit einem naiven Ton.

„Ich studiere auf Lehramt. Es war schon immer mein Wunsch, Kindern etwas beizubringen."

Der Mann lächelte.

„Hast du schon Kinder?"

Sie schaute gespielt bestürzt.

„Natürlich nicht. Aber Anna hat viel darüber gesprochen."

Sie versuchte es einfach.

„Wieso?", kam es wie aus der Pistole geschossen.

„Na ja, sie hatte ja geheiratet."

Er verschluckte sich am Gin Tonic und hustete.

„Wie? Geheiratet?"

„Ja doch. Einen netten Typen, den sie beim Schützenfest kennengelernt hat."

Sein Interesse war geweckt.

„Beim Schützenfest? Und was macht er beruflich?"

„Er ist Landwirt." Charlotte setzte ihr liebstes Lächeln auf.

„Anna ist mit einem Bauern verheiratet? Bist du dir sicher?" Er schien es nicht glauben zu können.

„Ja. Die beiden sind richtig glücklich."

„Na ja, mit einem Bauern an der Hand sollte der Hoferbe vermutlich schnellstmöglich vorzuweisen sein", sagte er mit verächtlichem Ton. „Wie intensiv arbeiten Anna und ihr Bauer denn daran?"

Charlotte fand diesen Typen von Anfang an unsympathisch und abstoßend. Je länger sie ihm gegenübersaß, desto stärker wurde ihre Abneigung. Aber ihre Rolle wollte und musste sie spielen – Anna zuliebe.

„Sie spricht oft darüber. Daher denke ich, dass das Ziel nicht weit entfernt ist."

Er schaute sie skeptisch an.

„Und wo ist Anna?"

„Puh, ich habe keine Ahnung. Hast du keine Idee, wo sie sein könnte und was mit ihr los ist?"

„Nein und nein. Und damit beenden wir das Thema Anna und kommen zu dem, was du so bietest."

Er legte ihr eine Hand aufs Knie, fing an, ihr Kleid hochzuschieben und ihr Knie zu streicheln. Charlotte zuckte zusammen und dachte nur: „Bleib ruhig. Bleib ruhig. Jochen sitzt gleich da vorne. Es kann dir nichts passieren."

„Na, was ist los? Brauchst du noch einen Drink? Oder wollen wir gleich aufs Zimmer gehen?"

„Aufs Zimmer?" Charlotte machte große, naive Augen.

„Ja, was denkst denn du? Natürlich habe ich hier für eine Nacht ein Zimmer gemietet."

Seine Hand wanderte langsam ihren Oberschenkel hinauf.

„Oh Mann, Anna. Mit welchem Typen hast du dich denn abgegeben", schoss es ihr durch den Kopf. Schnell stellte sie ein Bein auf den Boden, schob den Barhocker nach hinten und stand galant auf. Sie entzog sich damit seinen Händen und stellte sich ihm aufrecht gegenüber.

„Was soll das?", fragte er genervt und wütend.

„Ich bin mir sicher, dass wir uns missverstanden haben."

„Was? Spinnst du?" Er wurde lauter.

Jochen Räsner faltete seine Zeitung zusammen. Der Barkeeper schaute zu ihnen rüber.

„Nein, tu ich nicht." Jetzt war es Charlottes Stimme, die scharf wie ein Messer durch die Luft schnitt – ohne jegliche Naivität. „Was kannst du mir über Annas Verschwinden sagen? Du weißt doch etwas, oder?"

„Bist du verrückt! Nichts weiß ich. Und jetzt komm mit." Er packte sie am Arm und wollte sie mit sich ziehen.

„Lass mich los!", rief Charlotte.

Die Aufmerksamkeit der anderen Anwesenden richtete sich nun auf die beiden. Der Mann ließ von ihr ab. Eilig verließ sie das Hotel. Draußen umfing sie die warme Abendluft, aber sie zitterte.

Erst jetzt fiel ihr auf, dass sie Annas Handy auf dem Tresen hatte liegen lassen. Das war für den Fall vermutlich nicht so dramatisch, denn dieser Typ, da war sie sich sicher, hatte keine Ahnung, wo Anna war. Ihn interessierte nur das eine. Natürlich hatte Charlotte den Abdruck, den ein Ehering am Finger hinterließ, bei ihm gesehen. Auf dem Weg zu ihrem Auto achtete sie darauf, dass ihr keiner folgte. Sie stieg ein und fuhr schnell nach Hause. Dort genoss sie eine lange Dusche.

Sobald Alexander am nächsten Morgen das Haus verlassen hatte, wählte Charlotte die Nummer der Detektei Phönix. Es war noch sehr früh. Sie hatte das große Glück, dass Jochen Räsner den Anruf entgegennahm.

„Das war ja gestern ein grandioser Auftritt von dir", sagte er, nachdem sie sich begrüßt hatten. „Respekt! Sehr gut gemacht", lobte er sie. „Wie fühlst du dich?"

„Gut. Und ich bin zu der Erkenntnis gekommen, dass Annas Handy, das jetzt dieser Typ hat, nichts mit ihrem Verschwinden zu tun hat. Der ist nur auf das eine aus: Sex."

„Das kann ich bestätigen. Nach deinem Abgang hat er bezahlt, ist gegangen und ich bin im gefolgt. Er ist direkt zu einem – ihm offenbar wohlbekannten – Etablissement gefahren. Ich habe nicht gewartet, bis er es wieder verlassen hat."

„Beim Thema Kinder hat sich seine Stimmung schon stark geändert. Aber mein Gefühl sagt mir, dass er über Annas Abtreibungswochenende nichts wusste."

„Ich habe sicherheitshalber mit meinem Handy Fotos von ihm gemacht. Sollte das noch ein Nachspiel haben, können wir ihn leicht identifizieren."

„Danke, Jochen, dass du dort warst. Das hat mir auf jeden Fall die nötige Sicherheit gegeben."

„Wie geht es weiter, Charlotte? Was hast du als Nächstes vor?"

„Ich werde alles daransetzen, um wenigstens einmal mit Klockmann senior, Annas Schwiegervater, zu sprechen. Da erhoffe ich mir einige Informationen. Und danach weiß ich, ehrlich gesagt, auch nicht weiter. Es scheinen alles Sackgassen zu sein. Wobei sich Annas Bruder, Paul Schenck, schon sehr merkwürdig verhalten hat."

„Wir unterhalten uns, sobald deine geplanten Gespräche abgeschlossen sind, o.k.?"

„Alles klar. Tschüss, Jochen."

Kapitel 19

Auf benachbarten Höfen hatte er beobachtet, wie die jungen Leute fortgingen – man konnte auch sagen „flohen". Kaum ein junger Mensch wollte noch den Familienhof übernehmen. Er wusste es selbst sehr genau: Viel Arbeit wartete auf den Hoferben, trotz des technischen Fortschritts auch in der Landwirtschaft. So war es nun mal. Punkt.

Josef Klockmann nahm den großen Besen und fing an, den Gang durch den Kuhstall zu fegen. Als er in der Mitte angekommen war, richtete er sich auf und schaute sich um. Was sollte nur aus all dem werden? Diesen Hof hatten schon seine Eltern bewirtschaftet. Von Sohn zu Sohn wurde er bereits über Generationen weitergegeben. Er konnte nicht verstehen, dass seine Frau und Johannes sich solche Sorgen um Anna machten. Johannes sollte sich bemühen, eine neue Ehefrau zu finden. Das war das einzig Wichtige. Als er sich wieder dem Fegen zuwenden wollte, sah er sie: Diese junge Schnüfflerin, die seine Frau idiotischerweise engagiert hatte, stellte gerade ihr Fahrrad ab. Was für eine alberne Aktion, eine Detektei einzuschalten. Er würde nicht mit ihr sprechen, dafür würde er schon sorgen. Sie würde vermutlich eh wieder mit seiner Frau, ihrer Auftraggeberin, reden wollen. Oder mit Johannes, der zu seiner Verwunderung absolut resigniert hatte. So groß war die Liebe wohl doch nicht.

Josef Klockmann konzentrierte sich wieder darauf, die Stallgasse zu fegen. Plötzlich hörte er Schritte hinter sich. Langsam drehte er sich um.

„Hallo, Herr Klockmann", rief ihm die junge Frau zu. „Schön, dass ich Sie mal alleine erwische und wir uns in Ruhe unterhalten können."

Hatte sie es doch geschafft. Er konnte ja schlecht sagen, dass er nicht mit ihr sprechen wollte.

„Hallo Frau …", er suchte nach ihrem Namen. In letzter Zeit wurde er immer vergesslicher. Oder besser gesagt: Er merkte sich nur die wichtigen Dinge.

„Kemburg. Charlotte Kemburg."

„Ach ja, guten Tag, Frau Kemburg. Womit kann ich Ihnen weiterhelfen?"

„Ich hätte ein paar Fragen. Wollen wir uns nicht auf die Bank im Hof setzen und uns unterhalten?"

„Nein." Das wäre geklärt.

„O.k." Die junge Frau steckte die Hände in die Hosentaschen ihrer kurzen Jeans. „Mögen Sie Ihre Schwiegertochter Anna?"

„Ja. Sie war ein nettes junges Ding und hat unseren Hof ganz schön aufgemischt. Aber eine Bäuerin war sie nie."
Er sah Überraschung in ihrem Gesicht.

„Wieso reden Sie von ihr in der Vergangenheit?"

„Sie glauben doch nicht, dass Anna wieder zurückkommt? Zu den Tieren, der Arbeit, dem Schmutz und dem Gestank? Nein, die ist abgehauen. Hat eh nicht hierher gepasst."

„Was meinen Sie mit ‚passen'? Johannes liebt sie. Das ist doch das einzige Wichtige, oder?"

„Nicht ganz, wenn Sie einen Bauernhof Ihr Eigentum nennen." Diese Frau Kemburg war wirklich naiv.

„Ich verstehe nicht."

„Liebe ist das eine. Arbeit das andere. Und die gehört zum Bauernhof dazu. Aus der Liebe heraus sollte für den Hof dann auch möglichst bald ein Erbe geboren werden. Kapieren Sie jetzt? Anna passte nicht hierher, weil sie nie einen Hoferben zur Welt bringen würde, dem sie seine wahre Aufgabe hier erklären könnte."

Kapitel 20

Charlotte wusste nicht, was sie dazu sagen sollte. Aber Herr Klockmann schien auch gerade erst in Fahrt zu kommen. Also schwieg sie besser.

„Sie passte nicht, weil sie es einfach nicht verstand. Diese Tradition. Sie hatte nur Flausen im Kopf. Ja, natürlich kann man das Wohnhaus umbauen, natürlich kann sie ihre Kurse belegen. Nur wofür überhaupt? Am Ende des Tages braucht der Hof eine Bäuerin, die sich um den Erben kümmert."

Er sprach immer lauter.

„Und meine Frau mit ihrem Gejammer ‚Josef, wo ist unsere Anna?' Ich kann es nicht mehr hören! Die beiden sollen doch froh sein, dass Anna weg ist. Jetzt können sie sich wieder um wichtigere Sachen kümmern."

Charlotte schluckte.

„Da heiraten sie und ein, zwei Monate später ist noch immer kein Kind unterwegs? Ja wozu vögeln die denn die ganze Zeit rum?"

Josef Klockmann schnappte nach Luft. Er schien sich in Rage zu reden.

„Bei diesem Flittchen Anna war ich mir auch nicht sicher, ob unser Johannes wirklich der Einzige war, mit dem sie ihr Bett teilte. Würde mich nicht wundern."

In diesem Moment wirkte Herr Klockmann auf Charlotte bedrohlich. Sowohl seine Körperhaltung als auch seine Stimme drückten eine Kraft aus, mit der sie bei einem Mann in seinem Alter nicht gerechnet hätte.

Sie blickte sich um, ob sie Johannes oder Frau Klockmann in der Nähe entdecken konnte. Es war keiner zu sehen.

Josef Klockmanns Tirade ging weiter.

„Ihr Bruder in seiner teuren Wohnung in Osnabrück, der es

auch nicht schafft, einen Erben zustande zu kriegen. Ihre Freunde im schicken Münster, die Karriere machen wollen. Die haben doch alle keine Ahnung von der Landwirtschaft!"

Er schrie die letzten Worte förmlich.

„Lass gut sein, Vater."

Charlotte fuhr herum und sah Johannes, der plötzlich hinter ihr in der Stallgasse stand.

„Anna wird nicht zurückkommen. Da sind wir uns einig." Johannes starrte auf den Boden. „Frau Kemburg, bitte gehen Sie und kommen Sie nicht so bald wieder. Lassen Sie vor allen Dingen meine Mutter in Frieden. Haben Sie verstanden?"

Sie hatte. Sie machte einen Schritt Richtung Ausgang, aber Johannes wich keinen Millimeter zur Seite. Sie musste sich regelrecht an ihm vorbeidrängen. Dann stieg sie auf ihr Rad und fuhr davon.

Zu Hause angekommen, setzte Charlotte sich vor ihren Laptop und schrieb den Abschlussbericht für Jochen Räsner. Jetzt war es genug. Wenn der Ehemann der Vermissten sie aufforderte, ihre Recherchen zu beenden, war das Ende erreicht.

Es tat ihr in der Seele weh, dass sie Anna nicht gefunden hatte. Sie musste sich lange auf ihr Abtauchen vorbereitet haben, da es wirklich keine einzige Spur gab. Auch, wenn Jochen Räsner ein schlechtes Gefühl hatte: Sie hoffte und wünschte sich inständig, dass Anna irgendwo auf der Welt in der Sonne lag und ihr Leben genoss.

Kapitel 21

Das Wassereis schmolz. Die zwei Jungen konnten gar nicht so schnell schlecken, wie es schmolz. Die klebrige Flüssigkeit lief am Stiel entlang, auf die Hände und tropfte auf den Holzboden des Bootes. Julius und Felix störte das nicht. Sie genossen es einfach mal, kein ‚Pass doch auf‘ in den Ohren zu haben. Es war ein wunderschöner Spätsommertag Ende September. Die Hitze des Hochsommers hielt sich beständig und das Thermometer zeigte immer noch über 30 Grad an.

Bei der Planung des Sonntagsausflugs hatten Julius und Felix sich gegenüber ihren Eltern durchgesetzt. Die wollten eigentlich am Aasee in Münster ein Tretboot mieten, mit ihren Söhnen etwas über den See fahren und anschließend einen großen Eisbecher in ihrer Lieblingseisdiele in Münster genießen. Aber sie hatten die Rechnung ohne die beiden Jungen gemacht. „Am Aasee wird man bei so einem Wetter ja totgetrampelt.“ „Ich will nicht in die Stadt. Darauf habe ich keine Lust.“ „Im Aasee ist ja nur Wasser. Da gibt es gar keine tollen Inseln.“ Und so kam es, dass die Familie an diesem herrlichen Sonntag zum Steinfurter Bagno fuhr. Nicht, dass dort weniger Menschen unterwegs wären. Aber die Eltern hatten eingesehen, dass es dort auch Ruderboote und leckeres Eis gab.

Schlussendlich setzten sie sich an einen mit rot-weiß karierter Tischdecke gedeckten Bistrotisch am Ufer und bestellten Eisbecher, während Julius und Felix ein paar Euro in die Hand gedrückt bekamen und machen konnten, was sie wollten. Die Eltern hatten von ihrem Platz alles gut im Blick. Bevor die beiden Jungen gehen durften, ermahnten ihre Eltern sie, nicht vom Boot aus an irgendwelchen Ästen, die übers Wasser hingen, herumzuklettern. Außerdem, aber das wussten sie ja, war es streng verboten, an dem Inselchen in der Mitte des Sees anzulegen. Drumherum fahren war erlaubt, das Betreten aber nicht. Die Jungen zogen lange Gesichter, nickten jedoch brav.

Die beiden zogen los, kauften sich Eis am Stiel, gingen zum Bootsvermieter, bezahlten und stiegen in das Ruderboot. Die Hälfte vom Eis tropfte auf den Boden, die andere Hälfte landete im Mund.

Als sie die Ruineninsel erreicht hatten, winkten sie ihren Eltern zu und zeigten ihnen mit Gesten an, dass sie um die Insel herumrudern werden. Die Eltern winkten glücklich zurück. Und so verschwanden die Jungen aus dem Blickfeld der Eltern. Auf diese Weise war es ihnen bereits vor einigen Wochen bei einem Bagno-Ausflug geglückt, eine kurze Erkundungstour über die Ruineninsel zu machen. Damals hatte niemand das leere Ruderboot unter den herabhängenden Ästen der großen Weide entdeckt und ihr Landgang war unbeachtet geblieben.

So war es auch dieses Mal. Behände sprangen sie ans Ufer. Die Füße wurden dabei etwas nass, aber sie hatten nur leichte Sommersandalen an, die später im Boot wieder trocknen würden.

„Wir haben nur wenig Zeit", sagte der Ältere und zeigte in die Richtung, die sie heute erkunden wollten. Bei ihrem letzten Besuch hatten sie einen langen unterirdischen Gang erforscht, auf den sie zufällig gestoßen waren. Dort stank es jedoch so fürchterlich, dass sie ihn zügig wieder verlassen hatten. Im Wasser wuschen sie sich den Tierkot von den Sandalen ab, stiegen ins Ruderboot und nahmen sich vor, bei nächster Gelegenheit ihre Inselbegehung fortzusetzen. Dass sich ihnen diese Möglichkeit so zeitnah bieten würde, hätten sie nicht zu träumen gewagt.

Heute ging es in die entgegengesetzte Richtung. Voller Begeisterung und leise kichernd schlugen sie sich durch das Gestrüpp und standen kurze Zeit später vor einer Öffnung, die der Eingang eines weiteren unterirdischen Ganges zu sein schien. Mit leuchtenden Augen nickten sie sich zu. Der ältere Bruder lief voraus, der jüngere folgte. Schon nach wenigen Schritten umschloss sie die Dunkelheit. Die Sonne stand so, dass nur wenig Licht in diesen Gang hineinfiel.

„Felix, das ist mir zu gruselig hier. Lass uns umdrehen", sagte Julius zu seinem älteren Bruder.

„Nur noch ein paar Schritte, o.k.?"

Langsam tasteten sie sich weiter in den Gang hinein. Plötzlich veränderte sich der Boden.

„Felix, bitte lass uns gehen. Ich will nach draußen", hörte der Ältere seinen kleinen Bruder hinter sich.

„Dann geh halt schon."

Julius drehte sich um und rannte der Helligkeit entgegen.

„Angsthase", dachte Felix. „Typisch kleiner Bruder." Was war das nur unter seinen Füßen? Er bückte sich und wischte mit den Händen sanft über den Boden. Er fühlte vermoderte Blätter und Erde. Da war doch noch was? Langsam grub er seine Finger in den Boden. Er konnte nichts erkennen, hörte allerdings ein Knistern.

„Mega! Hier ist etwas vergraben", zischte er.

„Felix! Felix, kommst du?", fragte sein Bruder ungeduldig von draußen.

„Ja gleich."

„Mama und Papa wundern sich bestimmt schon, wo wir sind."

„Gleich, habe ich gesagt!"

Felix fing an, mit seinen Händen zu buddeln. Am Ende des kleinen Lochs bekam er Plastikfolie zu fassen. Er zog daran. Es rührte sich nichts.

„Das muss etwas Größeres sein", schoss es ihm durch den Kopf.

Also machte er weiter. Sein Atem ging schneller. Er warf die Blätter und Erde beiseite und konnte immer mehr Plastikfolie ertasten. Es schien sich um eine längliche Form zu handeln.

Als er dachte, das Ding mehr oder weniger freigeschaufelt zu haben, hörte er auf. Da lag definitiv etwas Großes vor ihm im Dunkeln. Er hatte ein bisschen Gänsehaut, obwohl es im Gang nur wenige Grad kälter waren als draußen.

„Was ist das? Ich muss es wissen." Unwillkürlich hatte Felix laut in die Dunkelheit gesprochen.

Er fing an, an einem Ende zu tasten, und strich mit den Händen mit etwas stärkerem Druck über die gesamte Plastikfolie. Dann schrie er.

Kapitel 22

Mit zitternden Händen und Tränen in den Augen legte Charlotte das Tablet zur Seite. Zu ihrer Routine beim Frühstück gehörte, dass sie die Lokalzeitung kurz überflog. Was sie an diesem Morgen las, ließ ihr das Blut in den Adern gefrieren. „Anna! Tot?!" Aber das konnte doch nicht sein! Sie griff zum Tablet und las den Artikel noch mal.

Auf der Ruineninsel im Steinfurter Bagno hatten zwei Jungen am gestrigen Sonntag unerlaubt mit ihrem Ruderboot angelegt und gespielt. In einem der unterirdischen Gänge hatte der Ältere der beiden einen Plastiksack mit den Händen ausgegraben und im Halbdunkeln einen menschlichen Körper ertastet.

„Der Ärmste", dachte Charlotte und schüttelte sich kurz.

Die herbeigerufene Polizei benachrichtigte die zuständige Mordkommission, die übernahm und grub den Plastiksack komplett aus. Es wurde eine weibliche Leiche gefunden und dazu ein Portemonnaie in einer der Hosentaschen. Der eingesteckte Ausweis identifizierte die Frau als Anna Klockmann. Aufgrund der Eindeutigkeit wurde die Identität noch am frühen Abend von der Polizei gegenüber der Presse bestätigt.

Vorerst konnte nicht genau bestimmt werden, wie lange die Tote in dem Gang gelegen hatte, da es dort das ganze Jahr über ein paar Grad kühler als draußen war. Der Zustand der Leiche ließ aber darauf schließen, dass die Ablage vermutlich bereits einige Monate her war.

„Oh mein Gott! Anna! Was ist nur passiert?" Charlotte sprach laut mit sich selbst, denn Alexander war schon in die Kanzlei verschwunden. Sie strich sich mit beiden Händen über das Gesicht. Der Artikel, den sie nun fast auswendig kannte, ließ keinen Zweifel zu: Es handelte sich um ein Tötungsdelikt. Ein Schauer durchlief ihren Körper. Sie hatte also bei ihrer ersten Detektivarbeit in einem Mordfall ermittelt. Im Grunde genommen ermittelte sie ja immer noch – nur dass sich in der letzten Zeit keine neuen Anhaltspunkte ergeben hatten.

„Der arme Johannes", entfuhr es ihr.

Die Mordkommission hatte direkt das gesamte Bagno abgesperrt. Es sollten Taucher eingesetzt werden, ebenso Spürhunde und eine große Anzahl Polizisten. Zusätzlich wurde nach Hinweisen aus der Bevölkerung gefragt.

Und was sollte sie, Charlotte, tun? Sie musste ihre Gedanken ordnen. Mord? Das war schrecklich. Am liebsten hätte sie direkt mit Herrn Räsner gesprochen. Der war allerdings am vergangenen Samstag in seinen wohlverdienten Urlaub geflogen. Und sie wollte ihn partout nicht dabei stören. Sie war ja auch nur eine kleine Ermittlerin und jetzt hatte die Mordkommission übernommen.

Und Alexander? Der steckte in einem kniffeligen Fall, der seine ganze Aufmerksamkeit forderte und lange Arbeitstage mit sich brachte. Mit wem sollte sie nun sprechen?

Ihr Bauchgefühl sagte ihr, dass sie mit der Familie Klockmann reden sollte, auch wenn sie sicherlich in tiefer Trauer waren. Traute sie sich damit zu viel zu? Aber Johannes musste doch irgendetwas zu Anna wissen. Er war, seit sie ihn kannte, sehr verschlossen und still. Sie musste mit ihm reden. Und zwar heute Abend noch. Den Tag würde sie nutzen, um ihre gesamten Notizen erneut durchzugehen, und dann würde sie sich auf ihr Fahrrad schwingen. Wer war der Täter oder die Täterin? Sie tappte vollkommen im Dunkeln. Johannes musste ihr helfen.

Es war spät geworden, später, als sie geplant hatte. Alexander war noch nicht nach Hause gekommen. Und das Studium ihrer Notizen hatte ihr auch nicht den Weg zum Täter gezeigt. Anna hatte viele Menschen in ihrem kurzen Leben getroffen, geliebt, verärgert, hatte immer ihre Entscheidungen gefällt, oft ohne Rücksicht auf andere, und hatte ihr Leben in vollen Zügen genossen. Was war geschehen? Charlotte musste mit Johannes reden.

Die Abenddämmerung setzte bereits ein. Trotzdem schnappte sie sich ihr Fahrrad und radelte los, auf dem Weg, den sie in den letzten Monaten so oft gefahren war.

„Was für unglaublich schöne Bauernhöfe es hier im Münsterland gibt", dachte sie, als sie in die lange Auffahrt zum Hof einbog. Verdrängte diesen Gedanken aber direkt, um sich auf das zu konzentrieren, was vor ihr lag.

Als sie auf dem großen Platz ankam, stellte sie ihr Fahrrad an der Seite ab. Alles war ruhig. Das Licht im Kuhstall war ja immer an, wie sie von Johannes gelernt hatte. Im Wohnhaus konnte sie nichts erkennen. Sie schlenderte zur Tür und drückte auf die Klingel. Nichts rührte sich. Sie drückte erneut und wartete. Wieder nichts.

Sie ging zum Stall hinüber und öffnete eine Tür. Die Kühe standen ganz ruhig. Es war kaum ein Geräusch zu hören. Nur am anderen Ende des Stalls war eine Bewegung auszumachen. Sie erkannte Johannes und trat zögerlich auf ihn zu. Er schien sie noch nicht bemerkt zu haben.

„Guten Abend, Herr Klockmann."

Johannes schaute auf. Sein Gesicht war vollkommen verschwitzt von der Arbeit. Er stützte sich auf seiner Schaufel ab und schaute Charlotte an.

„Was wollen Sie?"

„Ich möchte Ihnen mein tiefstes Beileid aussprechen. Es tut mir unglaublich leid, was mit Ihrer Frau passiert ist."

Ihr traten Tränen in die Augen. Sie wollte ihn umarmen und stützen, so verloren stand er da.

„Danke."

Er atmete tief aus.

„Ich habe im Haus geklingelt. Aber da scheint niemand zu sein."

„Nein, meine Eltern sind bei der Bestatterin und organisieren die Beerdigung."

Er schluckte. Beide schwiegen. Charlotte wusste nicht, was sie sagen sollte. Sie überlegte, richtete sich auf und nahm allen Mut zusammen.

„Herr Klockmann, ich kenne Ihre Familie jetzt schon ein paar Wochen. Und meine Recherchen …"

„Pah, Ihre Recherchen", fuhr er dazwischen.

Sie zögerte einen Moment. Dann fuhr sie fort: „Meine Recherchen haben mir viele verschieden Facetten Ihrer Frau gezeigt. Sie war eine interessante Persönlichkeit."

„Ja, das war sie."

Er schien bereit für das Gespräch, das Charlotte sich vorgenommen hatte.

„Anna hatte Sie, ihre Familie, ihre Freundinnen und Freunde, ihren Job, ihre Hobbys und ehrgeizige Ziele."

„Das ist nichts Neues für mich."

Er schüttelte den Kopf und blickte zu Boden.

„Während der ganzen letzten Monate hatte ich in keiner Weise den Eindruck, dass es in Annas Umfeld jemanden gibt, der ihr den Tod wünschte. Natürlich hat sie einige Entscheidungen getroffen, die Wut und Zorn auf ihre Person heraufbeschworen haben könnten. Aber deswegen einen Mord begehen? Ich frage Sie daher heute noch einmal: Was, glauben Sie, ist Anna passiert? Und noch wichtiger: Wer könnte Anna ermordet haben und warum? Bitte helfen Sie mir bei der Aufklärung."

Johannes hob langsam den Kopf. Er schaute sie durchdringend an. Was Charlotte jetzt in seinen Augen sah, ließ sie erzittern. Angst schnürte ihr den Hals zu. Er kam näher, und als er direkt vor ihr stand, sagte er: „Sie. Wissen. Gar. Nichts."

Die Worte sprach er leise. Trotzdem schrien sie Charlotte förmlich an. Sie konnte sich vor Angst nicht bewegen. Alles, was sie in den letzten Monaten erfahren hatte, wirbelte ihr durch den Kopf. Tränen schossen ihr in die Augen. Sie bekam keine Luft mehr.

„Nichts wissen Sie", wiederholte Johannes. „Nichts über Anna, über mich oder über das Leben, das wir hier auf dem Hof hatten. Ich will, dass Sie verschwinden. Vom Hof und aus meinem Leben. Sofort."

Charlotte fror plötzlich am ganzen Körper. Sie war sich jetzt sicher, dass Johannes seine Ehefrau getötet hatte. Trotz der ungeheuren Angst, die sie spürte, nahm sie all ihren Mut zusammen und flüsterte leise, aber so, dass Johannes sie verstand: „Wenn ich mir einer Tatsache ganz gewiss bin, dann der, dass Anna Sie von ganzem Herzen geliebt hat."

Diese Worte schienen etwas in Johannes zu zerbrechen, wie Porzellan, das auf harten Steinboden fällt. Er ging in die Hocke, setzte sich auf den kalten Beton und zog die Knie nah an den Körper.

Dann brach es aus ihm heraus: „Sie haben ja keine Ahnung, wie es ist, wenn man tagein, tagaus von den eigenen Eltern gesagt bekommt, was das höchste Lebensziel ist: ‚Junge, wo ist nur unser Enkelkind, das den Hof erben wird?' Jeden Tag – immer wieder, immer wieder."

Er sackte noch weiter in sich zusammen, wiegte sich hin und her, wie ein kleines Kind, und wimmerte. Charlotte stand nur da und hörte zu.

„Und dann treffe ich die Frau, die meinem Leben eine neue Richtung gibt. Die mich liebt, wie ich bin. Die ich liebe. Mit der ich eine Familie gründen möchte. Mir war es egal, dass Anna beruflich höhere Ziele hatte. Ich habe sie unterstützt. Ich habe ihr jeden Wunsch von den Augen abgelesen. Ich habe alles nur für sie gegeben."

Er schluchzte aus tiefster Seele.

„Mir war es egal, dass sie Liebhaber hatte und lieber Zeit bei ihrem Bruder verbrachte als hier auf dem Hof."

Stille.

„Dann war das große Ziel so nahe – ein Kind! Unser Kind! Und sie sagt mir ganz beiläufig, dass sie es hat wegmachen lassen – einfach weggeworfen wie Müll. Als wäre das eine Entscheidung, die nur sie etwas anging. Das konnte ich nicht ertragen."

Zum Schluss hatte er nur noch geflüstert. Zusammengekauert saß er da und weinte leise vor sich hin.

Charlotte sagte nichts. Zitternd griff sie in ihre Umhängetasche und versuchte lautlos, ihr Handy zu finden. Als sie es endlich zwischen den Fingern spürte, zog sie es aus der Tasche. Die Tränen liefen ihr die Wangen hinab. Schwankend und unsicher bewegte sie sich vorsichtig rückwärts, langsam Richtung Tür. Als sie draußen stand, sog sie frische Luft ein und wählte hastig den Notruf.

Kurze Zeit später rasten zwei Polizeiwagen die Hofeinfahrt hinauf. Johannes ließ sich ohne Gegenwehr abführen. Das zweite Auto brachte Charlotte nach Hause.

Kapitel 23

Einige Wochen später saßen Alexander und Charlotte auf der Terrasse ihrer Villa Kunterbunt und genossen die herbstliche Abendluft. Eng aneinander gekuschelt sprachen sie über Charlottes ersten Fall.

Alexander hatte in der Zwischenzeit alles über die Ermittlungen erfahren. Es erschrak ihn, in welche Gefahren sich seine Verlobte gebracht hatte. Ein bisschen stolz war er allerdings auch.

Er hatte sich große Sorgen gemacht, denn sie hatte sich nur langsam von dem Abend im Stall erholt. Doch mittlerweile war sie fast wieder seine alte Charlotte. Die vielen Gespräche, die sie geführte hatten, trugen sicherlich dazu bei.

Johannes Klockmann hatte noch in derselben Nacht seiner Verhaftung alles gestanden und den Tathergang beschrieben. Anna war an dem besagten Mittwochabend im April mit ihrem roten Flitzer von ihrem Bruder aus Osnabrück nach Hause gekommen. Er hatte noch etwas im Stall zu erledigen gehabt, wo sie ihn antraf. Sie kamen mal wieder auf das Thema Kinder zu sprechen. Anna hatte erzählt, dass sie mit ihrem Bruder über die Kinderfrage diskutiert hatte. Ganz nebenbei erwähnte sie dann gegenüber Johannes, dass sie vor Kurzem ihr gemeinsames Kind hatte abtreiben lassen. Da brannten bei Johannes die Sicherungen durch. Der Streit zwischen ihnen war eskaliert und er hatte sie erwürgt. Anschließend hatte er sie auf die Ruineninsel im Bagnosee gebracht und dort vergraben. Das Auto hatte er ins Wasser geschoben, wo es inzwischen von den Tauchern gefunden worden war.

So hatte diese große Liebe ein trauriges Ende genommen.

„Charlotte, sag mal, möchtest du wirklich weiterhin als Detektivin arbeiten?" Alexander drückte ihr einen Kuss auf den Kopf.

„Ganz ehrlich: Ja. Es macht mir so viel Spaß, ist spannend und ich kann Menschen wirklich helfen. Ja, ich möchte diesen Weg weiterverfolgen."

„Aber jetzt steht erst mal unsere Hochzeit im Mittelpunkt. Da sind wir uns einig, oder?"

Charlotte schaute ihn an. „Natürlich. Was denkst du denn? Außerdem gönnt Jochen mir eine Pause." Sie schmunzelte. „Nein, ehrlich. Jochen lässt mir die große Freiheit, Fälle, die ich bearbeiten möchte, auszuwählen."

„Was steht denn als Nächstes auf unserer Hochzeits-To-do-Liste?"

„Wir sollen etwas Leckeres aussuchen."

„Mmh? Was denn? Das Menü steht doch schon."

„Nicht das Menü."

„Was denn dann?", fragte er neugierig und stupste liebevoll ihre Nase.

„Die Hochzeitstorte", hauchte sie. „Aber darüber können wir auch morgen noch sprechen. Jetzt komm erst mal mit."